もしもし山崎方代ですが

歌
エッセイ
対談

山崎方代

かまくら春秋社

もしもし山崎方代ですが

装丁　吉野晃希男
写真　湯川晃敏

目次

第一章　ほうだい短歌の十二月詠

第二章　ほうだい酔想録

第三章　方代大いに語る

注記

本書掲載の歌稿について、新カナ、および旧カナの歌が混在しているが、月刊「かまくら春秋」に発表された原文のままとした。また、エッセイ、対談についても、明らかな誤字、脱字を除いて原文のまま忠実に再録した。

平成十六年四月　編集部

第一章　ほうだい短歌の十二月詠

一九八〇年

一月

極楽寺のほとり

極楽寺・坂のくぼみにてゆくりなくみごとな
椪の実を拾いたり

たわむれに生くる勿れ・み佛は半歩すすみて
みそなはします

散るぞいな・公孫樹もみじが忍性の塔をのこ
して散りいそぎおる

1980

二月

瑞泉寺書院庭園

したたれる左手首かかげてすすみゆく渕のほとりの鐘さびにけり

うつくしいかんむりをつけし山鳥が裸足で方丈を歩いていた

冬の日が園に溜って赤いので両手でそっと掬いあげてみる

1980

三月

円覚寺柏槇

すっぽりと寺を被える柏槇のそのかたわらを
罷り通れる

何んという静もりである柏槙の幹をめぐりて
雪が踊れるよ

幸はねて待つものと六十を過ぎし今でも信じ
ています

1980

四月

月影ヶ谷

ひこばえの冬田うずめて白鷺が羽をひろげて
今舞い下りぬ

うつくしい人が来りて月影の地蔵を詣で去りゆきにけり

しみじみと三月の空ははれあがりもしもし山崎方代ですが

1980

五月

鎌倉山の春

ことことと雨戸を叩く春の音鍵をはずして入れてやりたり

子供のやうな詩の一行が生涯の業に少しはつながりを持てり

いりうみのはずれに小さな村がありいつでもぬくくみまもられてる

1980

六月

旧鎌倉街道

ぜんまいの綿毛をあつめて織りあげぬみ祖《おや》の
くらしのどかなりけり

冬瓜の苗を移してかりそめの顔を吊して待つ
ことにする

九一色村の山沢ふかく炭竈をまもりて還りを
今も待つとる

1980

七月

卯の花

地上に夜が降り来ればどうしても酒は飲まずにいられなくなる

うの花の花の盛りとなりにけりわが父母は遠
き人にして

きめ荒き空木の葉もて玉繭の糸口を母は選り
あげていた

1980

八月

石が笑っている

牛殺しの花がかさなりかまくらの隠し砦を白く染めてをる

いまわしい隠者がありて伏見から酒をとりよせ飲んでいる

しののめの下界に降りて来たる時・石の笑いを耳にはさみぬ

1980

九月

朝比奈峠

朝比奈の隠し砦のあとどころほたるぶくろ
は花吊しおる

弓取りの弓をあげんと釈迦ヶ岳岩の雫にぬれて進みぬ

かりそめにこの世を渡りおる吾のまなこにしみるかたくりの花

1980

十月

鎌倉湖

桐の木は花の冠をつけたれどわたしは何でも
なくついているよ

何といふ深いしずもりである湖底《うみそこ》へ石に彫り
たる鐘を沈むる

としつきの差はさりながらさはあれどおした
い申しており候よ

1980

十一月

十二所

湘南のくまがい草も咲き移り短かく寒く夏は
ゆくなり

夕方の酒屋の前にて焼酎に生の卵を落している

柿の実が梢に赤い　なれども私は役たたずなり

1980

「十二月」

西御門

明方の西の御門をうら若き僧侶が土塀にそいて行きたり

空の低い夕方であるなぜかしら何処で一度見
たことがある

朝めしをかるくすませて面映ゆく世間をよそ
に横になりたり

1980

一九八一年

一月

方代草庵

冬がれの小枝に下がりゆられいるみの虫ほどの安定もなし

小屋の中をのぞいてみると顔のみが白く残っ
てほっとしていた

くろがねの錆びたる舌が垂れている五十五年
が暮れかけている

1981

二月

鎌倉山の春

巻のぼる藤の太根に鋸を入れてあすなろの幹
を張りてやりたり

もろはだになりて庭石にいどめども肩の上に
はもうあがらない

どっしりと胡座の上に身をのせて六十五才の
春を迎へり

1981

三月

湘南の春

湘南のながき汀を往復しみごとな寒の若布
を拾う

紅ばらの虚栄の色をみていると何ぜか怒が
込み上げて来る

小寒の小屋にこもりておどおどと昼をラン
プに灯を点しをる

1981

四月

艸庵の春

一日に一食をとり籠り居ると春の朝日が射し
込んで来た

幸な御方ですよと草餅を盛りたる皿を置いて
行きたり

大切な一日である瓢箪の口から種を貫き取っ
て居る

1981

五月

一山惜花

満開の桜の下のポストに往復便のハガキを落す

一日に一山一寺を訪ねては手帳に寺の名を記
しておく

小屋の中にこもっているとたえまなくさくら
の花が舞い込んで来る

1981

六月

若宮大路

若宮大路の桜の枝に恋文をそっと結んで待つことにする

短い一日である一粒の卵のような一日でもあったよ

わたくしの六十年の年月にさはってみたが何もなかった

1981

七月

白旗神社

白旗の社をうめて眞白い・白い蓮華が咲いて
おる

むらぎもの心の内をゆくりなく覗いてみると
深い穴なり

支那の茶を煎じているとてふてふがもつれて
小屋をよぎり通れり

1981

八月

七里が港

湘南の岩礁ふかくもぐり込み息をころして栄
螺を拾う

一粒の卵のやうな一日をわがふところに温めてゐる

ものなべて日ぐれてゆけばわが思い私はあなたの鼻でありたい

1981

九月

山の道

鎌倉の古街道に鎌を入れほたるぶくろを刈り
残しおく

そなたとは急須のようにしたしくてこの世は
なべてうそばかりなり

砂浜に體をうめて天国を覗いてみると底なし
である

1981

十月

一ノ鳥居

鎌倉の九月の風は四行詩・実朝公の墓に詣うでる

瑞泉寺の秋のさくらを見んものと久代とおてて
を組んで登れり

お隣に詩を書く人がひとり居て飢え死にごっ
こをして生きてゐる

1981

十一月

柿の実

かろやかな生の色なり柿の実がつぶらに赤く
熟れて来にけり

手作りの豆腐を前に近づいて来る戦争の音を
きいている

道ばたの杭の頭にあたらしい麦藁帽子をかぶ
せやりたり

1981

十二月

鎌倉手広街

こんな所に鎌倉郡りの道があり鞍掛稲の匂い
しるしも

鞍掛の稲穂は重く垂れ下り雪をかづける富士
晴れにけり

鶏が生んだ卵を何ごともなかったように呑み
下したり

1981

一九八二年　一月

湘南の春

すでにもう汀の端のくれ椿くれないい深く春を
ふふめり

手作りの豆腐を前に何にもかもみんな忘れてかしこまりおる

蠟燭を一本灯しほそぼそと心の中を覗きおりたり

1982

二月

春の鎌倉

コップの中に松の葉を立て門松のかわりに机の上を飾れり

朴の葉に味噌をはさみて炙りをるうき世のことは握りつぶしなり

くちなしの白い花なりひんやりと指をふれれば白く散る

1982

三月

ふるさとの右左口村は骨壺の底にゆられてわが帰る村

1982

山梨県東八代郡中道町右左口スポーツ広場に建つ方代の歌碑
（写真：中道町教育委員会）

四月

山鳩の声

窓ぎわの椿が花をつけたれど置き忘れたる土
瓶にすぎぬ

成り行きを握りつぶしておりますと大き笑いがこみあげて来る

里芋のずい茎のあくにおかされし咽の仏をいとおしむかな

闇は底知れず深かった。呼んでいるのは山鳩である。

1982

第二章　ほうだい酔想録

芹を摘む

去年の十一月の初めに咲き出した、窓ぎわの侘助椿が、四月に入った今日もいまを盛りに咲ききわまりて、風もないのにぼたぼたと、ぐるりの土を花首あたらしく紅に染めて散りあらそっている。幹もさほどでもなく葉っぱも枝もこまかく細いが花のいのちは永い。

たしか大佛様の裏山から何げなく一枝折って来て刺して置いたのが育ったのであるが、私はこの侘助を長谷椿と呼んで愛している。何げなく眼をやると窓ガラスの向うに紅い花をつけて春を知らせてくれる。

私は人生を怠けっぱなしに怠けているようでも、去年から今年にかけて歌集を二冊と随筆集を一冊出したので働いたことにはなっているが、本当はまったくの人まかせで穴があったら消えもいりたやで、甘い汁だけ吸って、のうのうとうそぶいているろくでなしに過ぎないのである。何から何まで人まかせで高名な先生や親しい友人にはまことにすまないことと思っている。

自分の書いた、自分の本を五百部買い込んで小屋の中に積みあげて、その間に胡坐をかいて、見えない右のまなこが赤くはれあがったと云う理由で一ト月間ながめくらして見送ってしもうた。ただなんとなく面はゆく恐しく、はたしてこの本が人様に読

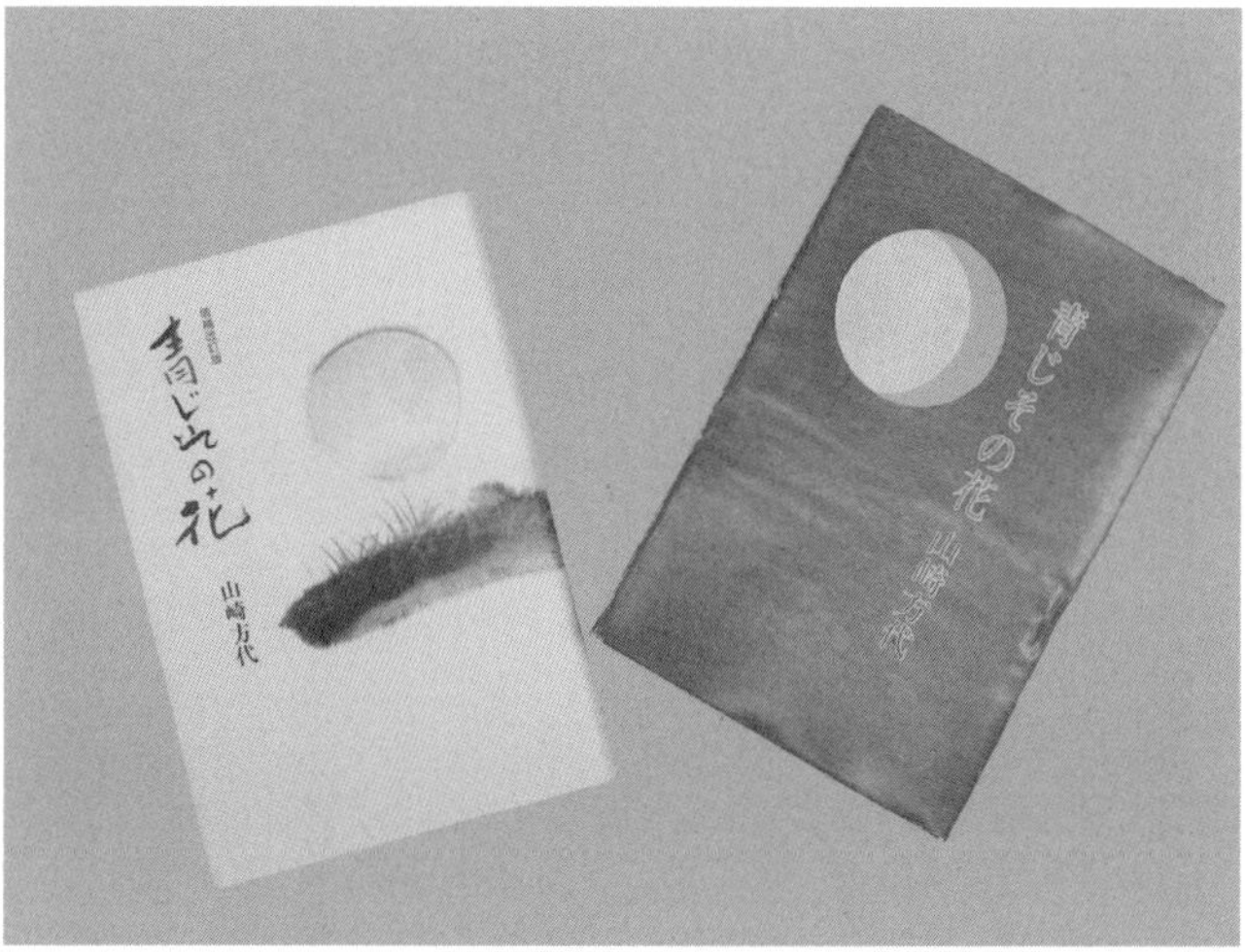

『青じその花』初版本（右・昭和 53 年刊）と増補改訂版（平成 3 年刊）。
共にかまくら春秋社より刊行

んで戴けるそのものかと云う不安が頭を重くしたからである。

しかしそんな思いとはうらはらに話はとんとんびょうしに進んで、『青じその花』の出版記念会となったのです。思いがけなく多勢の方々が集まってお祝の会をひらいて下さったのもひとえに、里見弴[*1]先生を初め多くの先生方が発起人としてお名前をつらねて下さったたまものと思っています。まことにありがたいことで、空恐ろしいこととも思っていますが、持ち前のずさんさでいまだにお礼の言葉もしていないしまつで申しわけなく思っているのです。

毎日すまないすまないと思いながら窓ぎわの椿の花に向ってあやまっているようなありさまで、どこかが狂っているようです。

いつものように昨日は、さくら見物にさそわれたがていよく断ってしまった。がんらいさくらの花がきらいである。わざわざ出向いていって、あのしらけきったさくらの花の前に坐って酒をくみ交してみたところで後にのこるものはただ空しさが一ぱいのこるだけである。それに銭がかかることが私にはこまるのである。

さくら見物のかわりに藤沢まで足をのばして芹摘みをして一日楽しんで来た。田園の畦道に赤く踏みかためられたみごとな芹をはぎ取ることの気持のよさはたまらない。

四月の芹は逞しくて芹そのものの芹である。

亡き母が想い出されてならない。

摘み取った芹を皿に山盛り茹であげて腹一ぱい食べ、食べ残した芹を前にして眠りたいだけ眠ったのである。これが健康にもつながるし、歌の道にもつながると常々描いていることでもある。

さて待ちに待っていた一枚の葉書が舞い込んで来た。それは鮎川信夫先生[*2]からの『青じその花』の感想文である。失礼とは思いますが全文をかかげてこの文をしめくくりたい。


『「青じその花」、また御心づくし銀杏の実を、有難く頂戴致しました。

見るもの、聞くもの、すべてうとましいことばかりというような溷濁《こんだく》した世の中に、こんなすがすがしい生き方をなさっている歌人がいるものかと三嘆。芸を超えたところで歌が生きていることに、改めて強い感銘を受けました。

あなたの歌集を、最初から大事に保存しておいてよかった、と小生の母も申しております。

今度の御本には、鎌倉の山の霊気がこもっていて、たいへんみづみづしい。いつまでも御元気で御活躍を。　二月十四日』

＊1里見弴（一八八八〜一九八三）　小説家。雑誌『白樺』の創刊とともに同人に。「まごころ哲学」の文学世界をつくりあげ、『多情仏心』等の作品を生んだ。長兄は作家有島武郎、次兄は洋画家で小説家の生馬。「まごころ文学館」が鹿児島県川内市に開館。神奈川県生。

＊2鮎川信夫（一九二〇〜八六）　詩人、評論家。戦後、田村隆一、黒田三郎らと詩誌『荒地』を創刊。アンソロジー『荒地詩集』の刊行にあたっては、作品、詩論ともに中心的な役割を果たした。戦後詩の中核をなす詩人のひとり。『鮎川信夫全詩集』がある。東京都生。

乞いて食ふ

飛騨高山の一刀彫、元田五山先生から大きな荷物が送られて来た。荷物を開くと中から、朴の葉の味噌とお米と高山の葱がまかり出てきたのである。どうやら「青じその花」のお祝いのしるしらしい。

早速、お粥を焚いて朴味噌を炙って食べてみた。実においしい。うまいわけである。人の思いがふかくこもって、葱は高山の霜の中から育った、みどりゆたかな葱であるからだ。これは又、新しい借りを一つ加えることにつながって人の世の情の深さと重なり合った感情の味でもある。

鎌倉に移り住んで、すでに十数年の歳月を見送りながら見送ってしもうた。ひとり者のものぐさと、持って生れた放浪ぐせのそしりを受けて、自炊はやらないことになっているが、それは物を買いだめをする銭を持っていないからで、食べてしまえばそれ切りで、飲んでしまえばふところに残っているものは常に秋風であるからだ。

朝と昼は酒でごまかし、夕べの風がつのる頃ともなれば街に出て行って一膳めし屋の丼をつついてすまし込んでしまうのである。考えてみると実に面白い。自分の銭で食べる丼を左手を頭にあててかくす様なしぐさをして食べるのだ。生れ育ちがあわれでならないよ。

高山の葱はみんないただいてしもうたが、根はていねいに植えておいて良かった。みどりに育って、早いのはもう葱坊主を持っている。私はあれから心を入れかえて自炊の気楽さを味わうようになって来た。寄る年なみのせいばかりでもなく、寒い日や雨の日など出かけて行くのがおっくうである。旅空で一本の電柱によっかかって夜明しをしたことは遠い遠い昔の夢である。生理の方も少し衰えてきたようだ。かなしいけれどわが文学も峠の下り坂である。まぼろしの小栗判官照手の姫も遠く飛去った思いでもある。

小屋ごもりの毎日の一日は、長くもあり短くもあり歌になりそうである。電気を早く消して寝てしまうにかぎると云うので寝てしまうと、夜一時には眼をさます。ねとぼけながらにふかす煙草の煙りで小屋が一ぱいになるので、雨戸をあけて空気を入れ代えて、又寝てしまうが、四時にはもう眼がさめきって眠れない。酔いさましと云う理由をつけて七里ヶ浜の汀を往復して若布拾いだ。五月の若布は少しこわいけれども私には食べられる。これが夕べの酒の肴になり食べ切れない。

鎌倉山の峯は青くはしり湘南の浪のうねりとひとしくなってきた。やぶかげには卯の花が咲き出してきた。谷戸のくぼみには蕗の葉っぱが手を広げて私を待っているに

ちがいない。銭はないが心はゆたかに、なまける程なまけている。
近ごろ歌の原稿の依頼も少なくなっては来たがそれは致し方のないことである。世間の人が方代は歌よみであるかのように思ってはいるようだが、歌はまるっきりの素人である。歌などは誰でも創れるしろもので専門歌人などと云う者はありえないからである。
毎日このようにして、のうのうと酒をくらって人生を暮らしている種明かしは何んですよ、私には五人の甥・姪がいる、心やさしい人々で、目が悪いと云うことで、もう三十年も毎月仕送りをかかしたことはない。生きているかぎり歌は創れると云うものだ。

てくてくと海の散歩から帰って見ると山口瞳[*1]先生の「木槿の花」が送られて来ていた。向田邦子[*2]さんの追惜の書である。勉強させてもらえます。小屋の中には半世紀前の「工人[*3]」時代の歌の友、大場富雄から上州のむぎ焼酎が一本はびこっていた。

＊1山口瞳（一九二六～九五）小説家。壽屋（現サントリー）で開高健らと「洋酒天国」を編集。『江分利満氏の優雅な生活』で直木賞、『血族』で菊池寛賞。都会人の哀歓を描いた「週刊新潮」連載『男性自身』は死の直前まで三十年以上にわたりつづいた。東京都生。

＊2向田邦子（一九二九～八一）放送作家、小説家。ドラマ『七人の孫』『時間ですよ』『阿修羅のごとく』などで高視聴率を獲得。『思い出トランプ』の短篇連作で直木賞。人間観察に裏付けられた描写で「短篇の名手」とも。台湾旅行中、飛行機事故で急逝。東京都生。

＊3「工人」一九四八年に山形義雄、岡部桂一郎、山崎方代らが創刊した短歌雑誌。

梅雨の瑞泉寺

風は六月の候である。鹿おどしの筧の竹の音をききとめながら石段をゆっくりとすすんでゆくと、山門前の左側に吉田寅次郎[*1]の碑と竝んで吉野秀雄[*2]先生の歌碑がしっとりと雨にぬれている。石文の面は古《ふ》りて白い杉苔のような苔が生えひろごって花さえつけていた。

三日つづきのふりみ降らずみの雨にこまかく傘をひろげた参拝者のかげも影をひそめて、青葉しげる梅樹のうえの吊鐘堂の大鐘は青くさびてそこはかとなく深くうれいをおびている。

青梅が保たんとして又一つ土を鳴らして落ちた。土を打つ梅の実の音が、大きく口をひらいた洞窟の天女洞の内をかけめぐってひびいてくる。池のほとりは一木一草のかげを留めることなく、只、静物そのものの石だたみである。この書院庭園は一枚の鎌倉岩からなり、風雪のたくみがかなづる彫の深い東洋一の作庭であると思っている。そがいの十八曲のそば路をもつ錦屏山は正にヒマラヤ山脈のそしりを受けているかのようだ。卯の花おどしのうの花が白く咲いている。

錦屏山瑞泉寺、この寺の創建作園は夢窓国師[*3]である。夢窓疎石は甲斐の国の東八代郡右左口村字心経寺の生れで安国寺の住職であった。瑞泉寺の住職大下豊道和尚さん

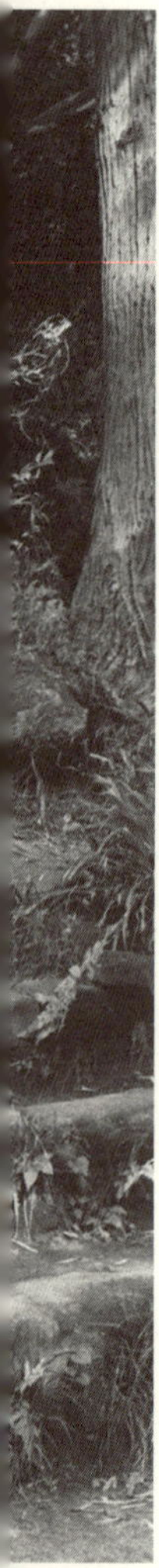

がある日、お前は夢窓疎石の落し子ではないかとくすぐられて顔を赤くしたことがあった。

私が瑞泉寺に初めて参禅独参したのは二十三歳の冬のことであった。あれから四十年の歳月を経ておれども石と石のおもむきは昔そのままである。その当時によみあさった小説、葛西善蔵[*3]の作中の「おせい」という女の名前は忘れられなくなっている。たしかこっちあたりかと思いますが、土砂の上にひょうたん形の池があったと思っている。土砂にうもれた三百年の空白をとりあげて、この池が再現されたのは昭和四十四年から四十五年にかけての出来事であった。当時を想い出すと胸が早鐘のように鳴ってくる。

ここの住職大下豊道和尚を始め大佛次郎、[*5]小山冨士夫、[*6]唐木順三先生方が、[*7]両手ですくいあげる土砂の下から現れる池のせつなの相に赤い哀歓のおくった声は今も忘れない。私の師吉野秀雄先生はすでになく、この池の再現の姿は知ることも見ることも出きなかった。無念である。

梅の木に
梅の花が笑っている
地球が笑っている
夢窓疎石が笑い出したり

私は旅が好きで寺が好きで庭が好きで、この国の多くの寺を訪ねて視て廻ったが、これ程の書院庭園は初めてである。言葉は無用である言葉なき世界である。

ちなみに奈良、京都を初め、行く先々の庭のありどころをたずね廻ったが、一枚の岩の上の庭園は見たことがない。竜安寺の白い砂の上の庭もなぜか思いつきに過ぎず、疎石が初期にものにした恵林寺の庭の水の力の奥ゆきの深さはさすがとは思うが、このように地獄の庭からよびかくる声とはほど遠い思いがした。
何ゆえかわからないけれど、私はここの住職豊道和尚には人一倍かわいがられ、高名な多くの人々を知ることが出き幸せである。

雨はまだ止まない
梅の実が又一つころがり落ちた
砕けた梅の種の中に核がかくれていた
それは私の天神様であるかも知れない

＊1吉田寅次郎　幕末の志士。思想家、教育家であった吉田松陰の通称。
＊2吉野秀雄（一九〇二〜六七）歌人。肺結核の闘病中、アララギ派の短歌に親しみ、会津八一に師事。戦後刊行の『寒蟬集』で、妻への挽歌、病苦、家庭的な不幸など人生の実相を詠んだ。『吉野秀雄歌集』で読売文学賞、没年に迢空賞。他に『早梅集』等。群馬県生。
＊3夢窓疎石（一二七五〜一三五一）南北朝時代の臨済僧、京都・天竜寺開山。後醍醐天皇の帰依を受けた。その没後、北条尊氏の信頼を得て、追善のため天竜寺を建立。五山文学

の最盛期を形成するとともに造園にも優れた才を発揮。著書に『夢中問答』等。伊勢生。

＊4葛西善蔵（一八八七〜一九二八）小説家。徳田秋声に師事した。広津和郎、谷崎精二らと「奇蹟」を創刊し、出世作となる『哀しき父』を発表。貧困、病気、酒から逃れられぬままに破滅型の私小説作家としての道を歩んだ。『おせい』『蠢く者』等。青森県生。

＊5大佛次郎（一八九七〜一九七三）小説家。外務省勤務後、『鞍馬天狗』の連作でそれまでの通俗小説を知識人層も楽しめるまでにした。現代小説に『帰郷』（芸術院賞）等。『パリ燃ゆ』『天皇の世紀』など史伝も。芸術院会員。文化勲章。野尻抱影は兄。神奈川県生。

＊6小山冨士夫（一九〇〇〜七五）陶芸家、美術史家。東洋陶磁研究所に入所し日本や中国の古窯址の調査に当たった。戦後、東京国立博物館などに勤務、東洋陶磁学会を設立した。『東洋古陶磁』の刊行や批評活動などが評価されて、芸術選奨を受けた。岡山県生。

＊7唐木順三（一九〇四〜八〇）評論家。教職から文芸評論の世界へ。『現代日本文学序説』で注目を集めた。戦後、明治大学教授。戦後の近代主義・進歩主義に対して「中世の再発見」を志した。『中世の文学』で読売文学賞。小説集『応仁四話』で芸術選奨。長野県生。

山の葵

大家さんの末の子の郁ちゃんは小学三年生である。この子の名前は私が付けたので名付親と云うことになる。赤ちゃんの時から野球が好きで、おむすびなどはボールとまちがえて、小さな両手でかるく受けとめて食べながら育ったのだ。幼稚園児の時には早くも近所の子供たちにたのまれて、一方の野球の投手であった。

この大切な友人の一人である郁ちゃんと、一粒の飴をめぐって本気のけんか別れをしてしもうたのである。一生がい口を聞かないと云う、かたい約束をしてしまったのであるが、酔いがさめてから気付いたことながら手後れである。今さら頭を下げてあやまるのも面はゆく、しゃくにさわるので小屋の内にこもりきりで、酒も飲まずに思い悩んでいたのである。

近ごろ歌の原稿の依頼も少なく、怠け者の怠けっぱなしの毎日の出来事であったが、それはそれで酒さえあればとは思うが、けんかはさびしい。それは歳のせいばかりとは思えない。

昨日もこんなことがあったっけ、一張羅のシャツを早く乾かそうと力まかせに絞りすぎて、思わず手首もろとも絞り切ってしまいそうになったのである。思わず老いた手首をつくづく見守ったものである。

放浪歌人などとはうらはらに年がら年中冬ごもりならぬ小屋にこもり、冬から春にかけて今年は一歩も小屋の内から外へ出たことはない。おかげでゆっくりと窓ぎわの実生の柿のいとなみを見ることが出来た。てらてらと日をはね返す柿の若葉の葉ごしに一ぱいの白い花をつけているのを覗いていると、歌などを作ると云うことは無用の物のようになったりして自然のなりゆきに眼をみはった。

柿の青葉の下のまるい葉っぱは山葵である。この山葵は信濃の国木曽薮原の徳山先生から届けられて来た山葵だ。がんらい山葵は清水をこのむらしいが、裏の山かげでも育つのである。十株が二十株になり水がなくともはびこって四月から五月にかけて白い花をつけて楽しませ、私の酒のさかなになり切ってくれたのであった。

つくづくと腰を下して見まもれる山葵の花はこまかかりけり

何にゆえかわからないけど明方の寝床の中で笑い出したり

窓ぎわの螢袋が咲いている時の流れはしずかに早い

あばら家に突っかい棒して住んでいる死にたくもなく思わなくなっている

一本の団扇があらばしかすがに今年の夏はつつがもあらず

何げなく窓のさんにあごをのっけているとこんな歌が出てきた。一番目の歌の欠点は三句の「見まもれる」にあるようだが、酒が入れば作りかえることが出来そうである。とりとめのないこんな歌を書いていると小屋の蓋をズック靴でとんとんと郁ちゃんがけりながら郁ちゃんの方から声をかけてくれたのだ。

「僕はもう怒ってなんかいないよ、テレビを見せてやるから来いよ」と来た。まる一日のけんか別れも空ぶりで終ってしまって、思わず「郁のおちんちん」と云ってしもうたのである。

七月に入ると何かと心せわしくなって来る。七月十日は吉野先生の艸心忌である。

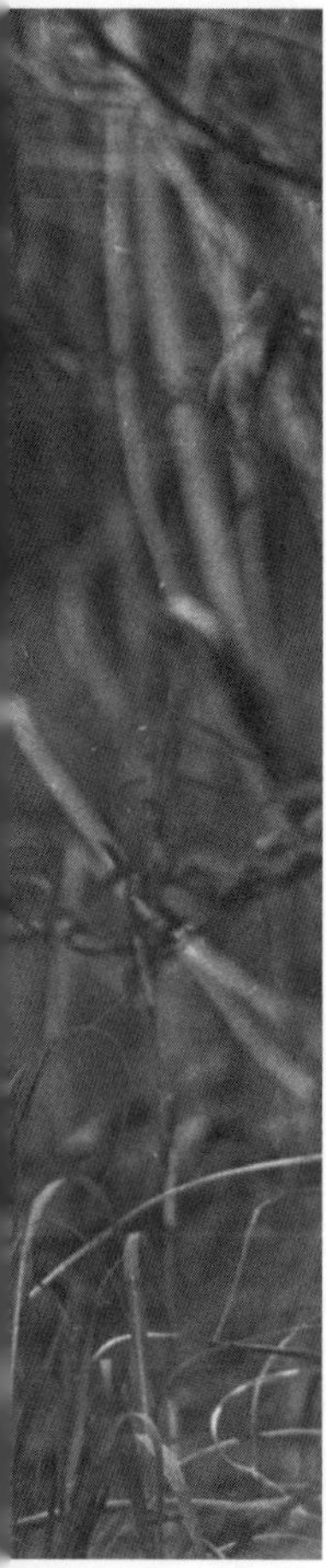

先生がみまかりてすでに十五年である。私はこの十五年間何をして来たのだろう。空の徳利がさげすんでいる。

郁ちゃんと並んでテレビを見ていると、池田弥三郎[*1]先生の死去の知らせである。たしか先生は私と同じ大正三年の生れであった。また一人私の歌のあたたかい理解者がこの世から消えていってしまった。無念である。

＊1池田弥三郎（一九一四〜八二） 国文学者。慶応大学で折口信夫に師事。折口学を継承、独自の学風を確立した。同大教授。「折口信夫全集」等の編集に尽力。ＮＨＫ解説委員や横綱審議会委員をつとめた。随筆でも知られた。著書に『日本芸能伝承論』等。東京都生。

大風

雨は夜に入って、ますます強くはげしく風をともなって降りつづいて来た。

雨台風一〇号は長崎地方を荒れまわって明日の朝には関東を横断のおそれがあるとラジオが告げている。ただ何となく不安になってくる。家のうらの杉山は家をおしかぶすかのようにして、そそり立っているからだ。一枚の岩盤の窪に散り積もった落葉の上の植林杉である。この土地に古くから住んでいる人に聞いてみたが、手広谷際は雨には大丈夫であると、はっきりと云われたけれども、雨の量によってはどうなるか分らない。鉄砲水でねむっているまに、あの世には行きたくなく思っている。

自然の猛威の前にはまったく人間は無力であるさびしいね、月の世界に足を踏み入れた科学の力も、裏を返えすとまったくの無力ではあるまいか。去年の出来事であった、炭坑の坑内にとじこめられた人々を救出も出来ずにとうとう最後には坑内火災を消すために、今なお生死もわからぬ多数の生命もろともに、水を注ぎ入れると云う、何んともやり切れない事件が今も心に焼き付いてはなれない。

一足街に足を踏み入れると車ははげしく、空はめくるめく金網のはりねずみである。ねずみの糞もひっかからない近代都市のお粗末さだ。

とりあえずラジオをかけっぱなしにして、うつらうつら夜のしらむのを待っていると四時ごろから雨が止んで、台風一過、朝には梅雨明けの陽がこぼれて来た。東京から先月横浜戸塚に引越して来た友人の岡部桂一郎[*1]さんに電話で見舞ってみると無事であることがわかり安心した。新しいこんどの岡部の家も私と同じように、崖ぶちの家であるからだ。

雨台風も無事にあがって山はみどりに輝いている。次の朝、山梨日日新聞社から一枚の速達ハガキが届いて来た。この台風では甲州は風雨強く道路は各地で寸断し大変だったが、右左口村は大丈夫の知らせであった。まずまずである。あれ程気をもんだ台風もおさまってしまえば、けろりっとしてしまう、人間とはまったく悲しいろくでなしではあるまいか。

去年の春先、裏山に入って切り倒して置いた接骨木の枯木は、昨日の台風で雨水をたっぷり吸ったために枯木一ぱい生々と木耳が生えていた。ありがたいことである、たっぷり食べて歌が作れそうである。

歌よみでありながら近ごろ若い恋人ができて、まったく歌が作れなくなってこまっている。時々上句は歌えるが下句が続かないのである。本当は上句だけでもよいのかも知れないが、でもやっぱりどこかが欠けていて気に入らない。

みごとな鶏冠《とさか》である・鶏冠《とさか》のような歌がよみたい

こんなようにしてみたが、やっぱり少ししゃべり過ぎである。ここに一個の卵がある、卵そのもののような歌が作れないものかと毎日とまどっているしまつです。いつまでたっても素人で、そんなこんなで又歌はやめられないようである。

遊行回国の捨聖に徹する一遍上人[*2]の「ひとり生れてひとり死にゆく」詩と死を重ねて遠くから眺める境地の発見に、私もこの世に生きている内にあずかりたいものである。

もぎ取って来た木耳をさかなに、もくもくと飲んで食べていると何だか急に心がはずんできた。今夜は一つがんばって一息に歌が詠めそうである。

蜂の子にバッタの足をあたえおる顔一ぱいが口だけである

夏はよし雀の親子はみちたりて楡の梢よりころげ落ちたり

＊1岡部桂一郎（一九一五〜）　歌人。山下陸奥の歌誌「一路」に入会。戦後は、山崎方代、山形義雄らと「工人」を創刊した。歌の素材は日常的ながら、歌それ自体は反日常的、反写実的で衝撃力に富む。『冬』で短歌研究賞。他に『緑の墓』『木星』等。兵庫県生。

＊2一遍上人（一二三九〜八九）　鎌倉時代の仏僧、時宗開祖。熊野に参籠、霊験により一遍と号した。他力本願を唱え、踊り念仏による衆生の済度を図るため、九州から奥州まで遊行した。一遍の伝記には「一遍聖絵」「一遍上人絵詞伝」がある。伊予生。

曼珠沙華

鎌倉郡り字手広の街に住みついて、十年一昔の歳月が流れ去った。まったくの新しい町ではあるが、ここに住む人々の人情はいたってこまやかで実に厚い。移り来て先ず最初に親しくなった人は地元の守田酒店の、おじょうちゃんであった。そのお酒屋さんのおじょうちゃんも、もうとうにお嫁さんにいってしまって一児のお母さんになっている。住みここちの良い所である、どうやらここらあたりが風来坊の死に場所らしい、風来坊と云っても無職というりっぱな職業を持った無職者である。

六畳一間の住いの裏は鎌倉山であるが、庭は広い。一丁先の青蓮寺鎖大師の庭の広さを庭の一部とみなしているからである。

鎖大師の吊鐘堂の鐘は毎朝六時に鳴り出して韻々と初まりも終りもひとしい音をもって土の底深く鳴りふるわしていた。鐘の音をききながら寺の前を進んでゆくと熊野神社である。

この神社は手広地区の氏神さまである。石の鳥居をくぐって石段にかかる手前に二本の年古りし公孫樹が天を圧している。百段の石段を登りつめた社前の二本の公孫樹はゆうに千年を越えている名木である。つごう四本の公孫樹の木は秋から冬にかけて銀杏の実をほしいままに実らせてくれる。銀杏拾いは熊野神社、椎の実拾いは鎖大師である、どんぐり遊びの団栗拾いは鎌倉山である。何から何まで、御八ツあそびにはことかかないように出きていてたのしい。

手広も九月に入ると急にいそがしくなって来る。神社の石だたみに落ちころがっている青い銀杏の実を靴で踏みつぶしてみるとつぶれない、もう中の実は食べられる。拾い集めた銀杏の実をビニールの袋に下げて、角の守田屋さんでの立飲みである。一ぱいのコップの中の酒と一丁の豆腐の前の、精一ぱいの私の人生でござりまするよ。

守田酒店を出ると、今もわずかに残っている古い鎌倉の往還で土の路である。両側は田圃で、路のへりには彼岸を迎えるために曼珠沙華の花ざかりである。咲きつらなる赤い花と稲穂とが重くかさなり合って秋の日をはねかえしていた。

ここ過ぎてゆく曼珠沙華の路で、ある日、方代さんは田圃の案山子とまちがえられて声をかけられたことがあったよ。

私は秋の草花の中で一番に美しい花はこの彼岸花であると思っている。野の道を赤くうずめて天上高く咲きほこる花は別名曼珠沙華とも呼ばれている。字引を引くと有毒植物と書いてはあるが、そんなことはでたらめではあるまいか。その球根は薬用にもなり、よく煮つめると食べられるからだ。昔、飢饉のさい、この球根を煮つめて飢をしのいだそうである。只この花の色があまりにも赤くどぎついために一見閻魔さんの舌の赤さに似ているために損をしている。それに咲いている所が古い家のそばや、お寺の細道であったり、お墓のぐるりだったりするからだが、実は昔の人は賢くて飢饉の時のたのみの知恵にほかならない。近ごろのアメリカではこの曼珠沙華の花は花の王様であるそうである。

ちなみにこの彼岸花の名前は地方によって呼び名が異なり、私の知っているだけでも三十をこえている。マンジュシャゲ・トウロウバナ・シビトバナ・キツネバナ・ハツカケバナ・カミソリバナ・捨子花・天蓋花・閻魔花、ひろってゆくときりがない。彼岸花そのものが実に一片の詩ではあるまいか。

あかあかとほほけて咲けるキツネバナ死んでしまえば死にっきりだよ

本と私

六畳一間の寝台の上の机にのっているのはヴィヨンの詩集である。何かものうげに今日は、かたりかけて来る。

うす汚れてはいるけれども私にとってかけがえのない大切な本である。もうかれこれ四十年の付き合いだ。ページをめくると詩の空白に、宮柊二[*1]の名前と住所がペンで書き入れてある。住所は横浜の鶴ガ峯となっている。次をめくると、奈良の前川佐美雄[*2]の住所が出てくる。これは昔、放浪の旅に出る前日、歌人の住所録から各県別にひろいあげて書き込んだものである。インク消でけしてみたがインクが紙の一部になっていて消えない。詩集には本当にすまないと思っているが、私にとってこれは貧しい人生の思い出である。

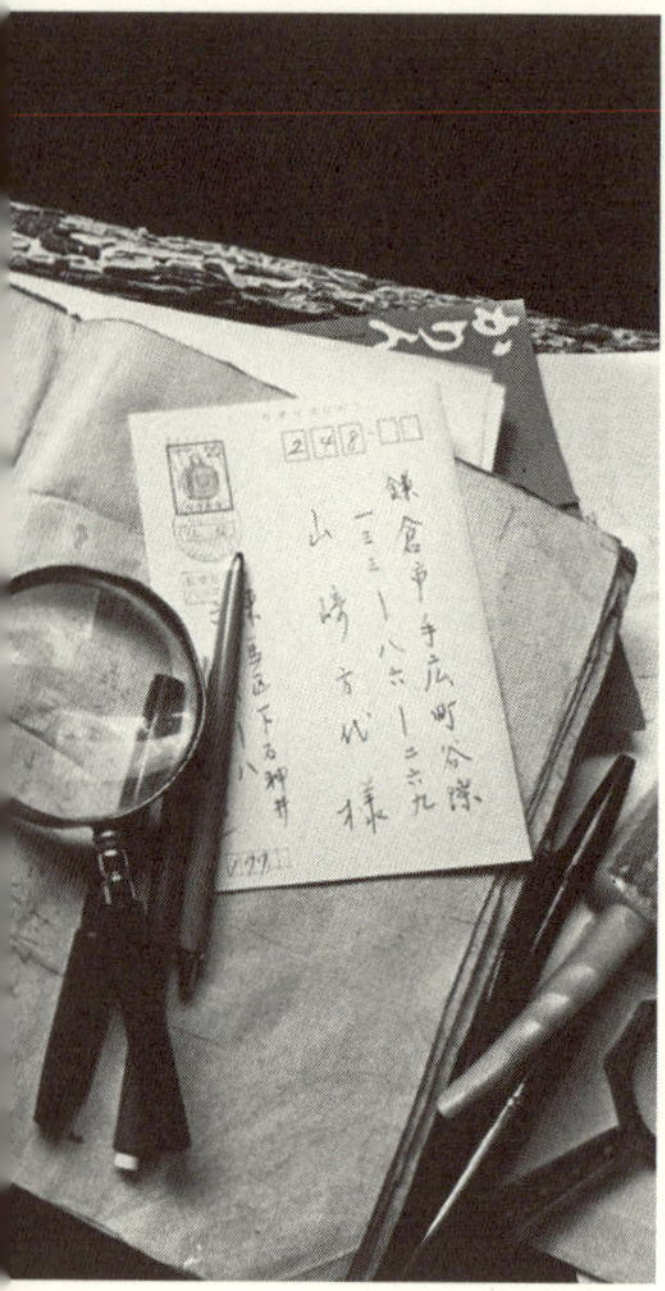

良い書にめぐり逢うと云うことはこれまた大変なことではあるまいか。銭もかかるが歳月もかかる。人様のうわさや新聞雑誌の推薦文などを読んで買って見ても、足をぼうにして古本屋さんから銭をはたいて買うて来ても、一、二ページめくり読んで見てすぐあきてしまう。良い本にめぐり逢うのは千冊に一冊ぐらいの物である。生涯の良い書にめぐり逢うと云うことは運否天賦と云うようなものかも知れない。机の上の五冊の書の一冊は、[*3]フランソア・ヴィヨン詩鈔であり、[*4]高橋新吉、[*5]尾形亀之助、唐木順三の、無常の書である。旅の途上でひょこりと気が変わって旅からたびをかさねる

カバンの中にはどれかの一冊が入っているのだ。旅の空で再び読みかえすと、又あたらしい勇気が湧いて来るから不思議である。

今は亡き父は生まれながらの百姓である。父の愛用の鎌も鍬も鋸も、歯こぼれ一つなく、いつでも光りかがやいていた。鋸もそうであるように鎌鍬を使い減らしてしまうと、わざわざ信州まで足をのばして高遠の鍛冶屋さんに名入で打たせたものである。鍬は使うとすり減ってしまうが書は眼で見るものであるから大切によみさえすれば久遠につながる物である。

たまごの歌

あしびきの雉子の卵をおそれなく砕いて猪口に落して居る

竹筒の先の方から夕方の煙を出して住んで居りたり

一丁の豆腐の前の人生を窓の外から覗きみにけり

みごとな卵である　鉄砲玉もとほらない…………

これやこの空の徳利に指先をとられてしもうた思いなりけり

羽目板を一枚はづし風を入れ短かき夏の夜を明せり

舌の上にのせし苺は熱かった　蛇の苺は傷薬なり

べに色のあきつが山から降りて来て甲府盆地をうめつくしたり

小佛の峠の路は秋早し吾亦紅が恋をしてゐた

鉢うえの蘭が小さな青い実を二つかかげてゐたまひにけり

机の上に風呂敷包が置いてある　風呂敷包みに過ぎなかったよ

＊1宮柊二（一九一二〜八六）歌人。北原白秋の門下となり「多磨」創刊に参加。中国大陸を転戦。歌集『山西省』は戦争ドキュメントとしても評価される。「コスモス」を創刊。『多く夜の歌』で読売文学賞、『独石馬』で迢空賞。芸術院賞、芸術院会員。新潟県生。

＊2前川佐美雄（一九〇三〜九〇）歌人。「心の花」に入り、佐佐木信綱に師事。故郷の奈良に戻り、「日本歌人」を創刊。歌集『大和』では大和言葉によって反写実への方途を探り、日本浪漫派の保田與重郎らと交流を深めた。他に『植物祭』等。芸術院会員。奈良県生。

＊3フランソワ・ヴィヨン（一四三一〜?）中世末のフランスの詩人。パリ大学に学んだが、あやまって人を殺し、その後、窃盗も。獄につながれた間に、人間の抱えるあらゆるテーマを完璧ともされる文体で謳いあげた『遺言詩集』を著した。他に『形見の歌』等。

＊4高橋新吉（一九〇一〜八七）詩人。日本で初めてのダダイストとされる。辻潤の編集による『ダダイスト新吉の詩』は詩壇に大きな影響を与えた。しかし、その底流には仏教があり、禅に没入し『参禅随筆』等、著した。詩集に『戯言集』『胴体』『雀』他。愛媛県生。

＊5尾形亀之助（一九〇〇〜四二）詩人。画家を志していたが、詩誌「亜」の同人となり、詩集『色ガラスの街』を刊行。「銅鑼」「歴程」などに作品を発表。あくまで個人の視線に重きを置いて作品を生み出した。他に『雨になる朝』『障子のある家』等。宮城県生。

私の一日

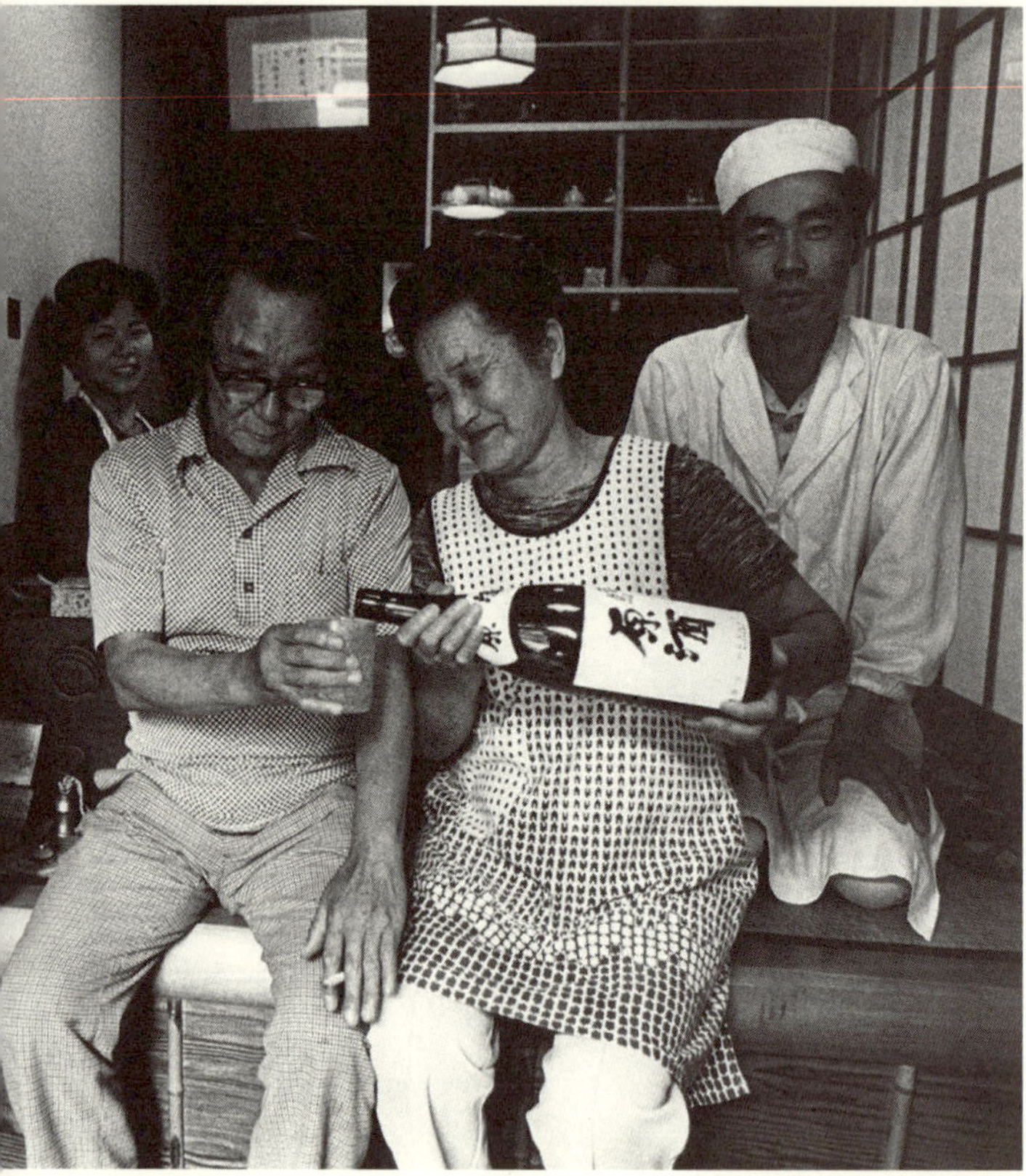

眼の視力が弱いと云う理由で、ひとりの姉の死後も五人の甥と姪から、時々仕送りを受けて今日に至っている。

歌を詠んでも銭にはならないけれども、ひとりくらしの一人の口を養うだけのことゆえ、何とか生きてこられたのであるが、困ったことにこのごろになって前より貰い物がふえて来て、その日ぐらしではなくなったのである。

甥の仕送りの方もそんな分で打切ってもらう為に出かけていったのですが、甥はおいで僕のまったく知らないことではあるが、方代さんに貰ってもらいたいためにくれるのだからすなおにいただいておいた方が失礼にあたらないと云う。このせちがらい今の世にこんなことがあって良いものかと頭をかかえてみたけれどもわからない。

けれども心の中では手を拝ませてほくそ笑んでいるのである。そんなこんなで、こまったものだ、こまったものだのくり返しの毎日である。作る歌のしらべも涙もろく

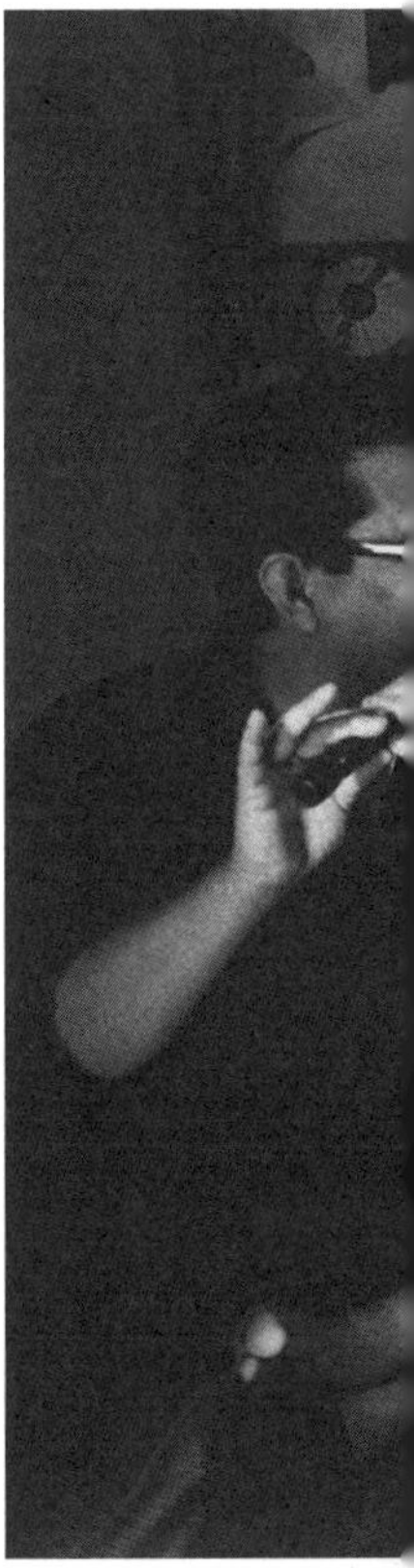

なってくるのはいたし方もないが、それはそれで良いのである。本来文学とはそのようにあたたかい物でなくてはならないからである。

近ごろめっきり酒が弱くなって来たようだ。そういえば町でのコップの立飲みを見かけたことがないそうであると、友達のともだちから不思議がられたことがあった。しかし私はわたくしなりに自然の法則にしたがって、毎日酒を飲みながら大切に一日をやり過しているつもりである。

いつものように朝は太陽と共に起き出して、水を呑みゴム長靴をはいて腰にビニールの袋を下げての山歩きである。色づいたぶどうの葉っぱも摘みとれる。時には楢の朽木から椎茸や木耳にありついたりすることもあった。

しきつめた紅いもみじの落葉の上に腰を下しての小便はまったくいのちの洗濯である。

腹時計の時間が来ると藤蔓のつるを使って山からすべり下りて帰って来る。先づ郵便入れを開けて見る。一通も入っていない。もっとも来るはずのないのに入っているはずはないのではあるが、それでもということがある、世界はとっても広いのだから一通ぐらいはまちがえての縁の手紙が入っていてもよさそうな気がしてならない。

一昨日の夜の酒が残っていて、頭が重く胃がいたい。七厘に火を吹き起して土釜で千ぶりを煎じて飲んでみる、千ぶりは苦くてうまい。この千ぶりは三井寺の山門のわきの茶店から買って来たものである、苦いはずである。

さて歌の原稿の締切日まではまだ三日間ある。だいじょうぶだ。三十ぐらいなら朝めし前である。

酒がわりに千ぶりを飲んで今年の芋の茎の皮はぎである。うまくいく時には茎の先の方まで一気に皮をはぎ取ることが出来る。皮をはぎ取った茎は軒先に張ってある。縄のなわ目にさし込んで干してゆくのだ。張った縄の余りには、出かけて行って森田屋さんの売れ残りのごみの山から大根の葉っぱを拾って来て、何とか一ぱいに干し竝べて格好をつけるのである。

そんなこんなの一日を私なりのせわしさをくり返していると小屋をかこんで夜が下りて来る。

今朝の明方、神に誓った禁酒を破って、明るい内のコップの一ぱいである。酒が入ると極楽様のお休みである。ぐっすり寝入ってそのままさめずに、あの世とやらに行けたらありがたいのであるが、どっこい、そうはさせてくれない。年のせいか夜中に三度は目をさましてしまうのだ。

一ねむりさめての煙草は五本ぐらいなので明方までに煙草をふかす量は十五本になる、目がいたい。

こんな私の毎日の一日ではあるが今年の秋だけで三度旅に出ている。一度は甲州下部の木食上人のふる里を訪ねている。釜額川の上流にて満月を三日過ぎた名月を拝した。

私の年こし

去年の暮は、松毬《かさ》をつけた松の枝をコップに活けて正月を迎えたが、今年の暮は少しおもむきがちがってきたようだ。木曽の藪原で取れた粟と黍をどっさりいただいたし、武川忠一[*1]先生から送られて来た先生のふるさとの信州上諏訪の樽みその蓋はひらいていない。

正月は味噌をのっけての粟粥で春のきぼうをふくらます事が出きるのでうれしくなって来た。そうなんですよ。

今年の冬は実にあたたかい、窓下に植えてあるペンペン草も野ビルもみんなそれぞれ青々と良く育っている。ペンペン草はこまかくきざんでそのまま粥の上にふりかけて食べると銭いらずである。

石がころがっている　日本の神様がころがっている

2F 売場案内

百姓の小悴である・とっくりと思い知らせてやらねばならぬ

盗人のぬすっと笑いをしてみると少し気持が楽になりたり

木曽薮原駅のホームで気付たる秋そばの花は白かった

霜づきし川原よもぎをことことと煎じて血圧を下げている

今日も又嘘をかさねてまにあはし鎌倉山に住んでいる

窓わくに顎をのっけて一日を眺めていると暮れかけて来た

なめ味噌をねかせているとちらちらと天から白いもの降りて来たよ

桃の木はすくすく育ちて花をつけ乙女のような実を持ちにけり

父——塩の味しか知らざりしかな

このような歌らしくもない歌はいくらでも出てくるが文章ともなればどうにもこうにもなかなか出て来ない。もうすぐ七十歳を迎えると云うのに、いまだ定職も持たず、おめおめと不幸をかこって生きながらえているさまはバケツの底をめぐり廻っている蟹の姿と思わぬでもない。

私は小学四年生の時に今は亡き父から炭焼のこつを教えてもらった。来年は一度ふるさとの右左口村にちょっと帰って炭釜をきずいて炭がまの煙を瀧戸山に立ちのぼらせて見ようと思っている。

＊1武川忠一（一九一九〜）歌人。窪田空穂らに師事し、戦後、「まひる野」創刊に参加。青年歌人会議、東京歌人集会の中心的な存在となった。歌誌「音」を創刊し、主宰。『秋照』で迢空賞、『翔影』で詩歌文学館賞。自己の内面を見つめ問う作品に特色がある。長野県生。

第三章　方代大いに語る

方代さんの言いたいほうだい

月刊「かまくら春秋」昭和六十二年六月号掲載

山崎方代さんの指先からは、ほとんどタバコがはなれされることがない。その数も一日百本を超えて、はっきり分からないという。好きなお酒も飲みたい放題。でも人に迷惑をかける酒飲みではないらしい。大正三年山梨県生まれの六十三歳。独身。決して女性嫌いではない。過去の大恋愛が方代さん心の中に、まだあるのかもしれない。
天真爛漫、純真無垢、どんな言葉をならべても方代さんを言いつくせない。

方代（ホーダイ）短歌

編集部　〝ホーダイさん、こんにちわ〟、でもホーダイさんなんて気やすく呼んでしまっていいのかしら。

山崎　ホーダイは本名だけどね、ヤマザキ先生なんて呼ばれることもあるけど、ホーダイさんの方がいいよ。

編集部　方代さんのことを異端の歌人とか、放浪歌人と言う人がいますが……。

山崎　まるっきり歌壇なんて認めてくれなかったんだ。今だって、正常に足をつけてやっていないからやれるんだよ。

編集部　方代さんのファンがこんなにも多いのにですか。

山崎　歌会にもあまり呼んでくれないんだよ。呼ぶと弟子を取られちゃうというんでね。

編集部　でも、角川の第一回短歌愛読者賞をいただいていますね。

山崎　（昭和）五十年に読者の人が選んでくれたんだよ。その時、角川の社長さんや池田弥三郎さんが、自分のことを随分しゃべってくれたよ。〝お前の歌は特異の新しい歌だ、啄木と同じように編み出した歌だ〟って。人の真似じゃなくて、山崎方代短歌だって。あっ、それは会津八一[*1]先生が言ってくれたんだ。他の人がつくることのできない方代短歌だって。

編集部　会津先生とはいつ頃のお付合いだったのですか。

山崎　二十九年に山崎方代歌集を出したの。それをあちこちの人に送った。そしたら新潟にいらした会津八一（早大名誉教授）という先生から葉書をもらったんだ。会津先生に直接送ったかどうか覚えていないけど、手に入ってたんだね。すごい名文句が届いたんだ。

「（前略）マンネリズム、フォーマリズムの横溢《おういつ》する今の世に異色ある光芒《こうぼう》を発揮せられる如く感じられる。めでたく存じ候（後略）」ってね。

編集部　それから、先生との文通が始まったのですか。
山崎　八回ぐらいあったかな。
編集部　お会いになったことは——。
山崎　新潟まで会いにいったことがあるんだよ。次の年の三十年かな。〝字もボツボツいけるな。お前の字はおかしな字で、ミミズがはっているような字だな〟っていわれたんだ。
編集部　それも、ほめことばなんでしょうね。
山崎　おやじの字はうまかったけど、字は書いたこともなかったよ。小学校の時、習字の時間があるじゃない。あれだけだよ。
編集部　素質があったんですね。
山崎　いや、字はひとたび先生に習うとだめになるね。筆は型にはまったらだめだね。世の中に習字の先生なんてありっこないもの。本当に筋のあるものは習わないよ。作歌と同じだね。おれは歌人だなんて、自分で決めるわけにはいかないよ。世間の人が決めてくれることでね。
編集部　自分では上手だなんて思っちゃいけない。

山崎　そう思うと字がまずくなるんじゃないかな。
そして会津先生も、三十一年に死んじゃったから、わずかな期間だったけど、この手紙は自分にとっては大切なもんなんだ。そしてそれがきっかけで会津先生のお弟子さんだった、吉野秀雄先生のところに通うことになったんだ。
でも歌を教えてもらったことはあまりないよ。おしかけ女房じゃなくて、おしかけ弟子みたいなものだった。自分も吉野先生の含紅集の中に出ているけど、三十六年から四十年の間には一週間に一度はいっているね。
編集部　歌を教えていただいていたのではないとすると。
山崎　相手は病気でしょ。だから長く語ることは出来ないじゃない。長くて三十分、五分か十分で帰ってくるんだ。しぼり出すような声で、天から降ってくるような大きな声で、先生の詩を聞いているだけで楽しくなるよ。歌の会にいくより、よっぽどためになったよ。
そして先生が文藝春秋へ、うちには山崎方代という変りものがいるって出してくれたことがあるの。最初は自分のことを不良だと思っていたんだね。なりが悪いから、あんまりうまく話をしてくれなかったけど晩年は分ってくれて、いろいろ書いてくれたけどね。そんなことから、だんだん歌がお金になってきたんだよ。

編集部　会津先生の手紙、吉野先生の励ましが歌壇に登場するきっかけにもなっているのですね。

日本で二番目の歯科技工士

山崎　それまでは歌作っても金にならなかったから歯科技工士やってたんだよ。日本で二番目に免状をとってね。

編集部　またどうして歯科技工士になられたのですか。

山崎　おふくろが死んでから、おやじと二人で山梨から出て来て、横浜で歯医者やっている姉さんのところに、やっかいになっていたんだよ。ウロウロしてると金がかかるし、歌作っても金にならないから。

講習を受けて免状を取りにいくの。昔の技工士は歯医者のお手伝いだったの。全く字を知らないような人が多かったね。今はすごい高給取りになっているらしいね。吉野秀雄先生の歯も作ったこともあった。先生は寝たままで、型の材料をパーッと口の中に入れてギューッとねって、ポッと口の中から出して、横浜の家に帰って石膏で型作って、入歯を作って、はめちゃった。

編集部　腕前のほうは。

山崎　優秀だったよ。でもこの右目全然見えないんだよ。左目だって視力〇・〇一くらいかな。

編集部　全然分かりませんけど。

山崎　十八年にチモール島で米軍のB29の爆撃を受けて、右のこめかみにたまが入ったままでね。二十二年に帰ってきて牛込病院の大熊先生に手術してもらったけど、どうにも視力が回復しなくて。右目も死んでいるわけでないから、どうにか見えるようにならないかと思ったけどね。

編集部　メガネをかけて〇・〇一なんて、さぞかし不自由でしょう。

山崎　これで案外と、見えるものだよ。あの女《ひと》、きれいかきれいじゃないかなんてね。細い字なんか天眼鏡を三つ位重ねるから。

いいことに、短歌っていうやつは三十一文字でしょう。短いじゃない。小説だったら字をうずめるのは大変だけどね。でも小説も書いてみたいという意欲はあるんだけど。

それに戦争から帰ってきてみたら、おやじは死んでいたんだよ。何だかとたんに大人になったような気がした。食料難だし、タバコは朝早くに拾ったような時代だったから、おやじを追悼する気持になれなかったけど、ゆとりが出た時始めてシミジミと〝おやじ死んじゃったのかな〟って思ったね。例えば、柿の実をもぎとるときは、百個なっていても三個もぎ残した。十個なったときも、三個もぎ残して柿の木に礼を尽す。そんなおやじとおふくろの墓を四十五年に山梨に建てたんだよ。

その時俺のも一緒に建てたよ。面倒くさかったもんで。そしたら、知っている人が山梨の山の中じゃ大変でしょうっていうんだよ。だから小さい石みつけてきて、山崎方代って彫って、瑞泉寺の裏山でも、玄関の脇の竹藪の中でもいいやポーンとところがしといてもらおうと思ってんの。確か去年はここにあったけど、誰か持ってったかなっていうんでもいいいや。

お見合いの数、二百回

編集部　ところで、方代さんは今お一人でしょ。結婚は……。

山崎　二十歳、年の違う姉さんがいてね。うるさかったよ。だから、毎月見合いをさせられてね。

編集部　どのくらい。

山崎　二百回ぐらいはやったね。いい洋服着てね、小遣いをたんまりもらって出かけるんだから愉快なんだよ。それでさ、自由行動の時、喫茶店に行けばいいよって言われるんだけど、赤ちょうちんなんかにいっちゃうんだよ。
　それで途中で立ち小便なんかしちゃうから、どうも後で具合が悪いんだよ。

編集部　嫌われちゃうわけですか。

山崎　いや、それでも嫌われたことはなかったよ。全部俺の方から断わったんだよ。最後にはね、いろいろ考えた末に、目をおさえてね、〝目が悪いから不幸にしてはいけないから〟って言ってね。

編集部　結婚する気は最初から全くなかったんですか。それとも方代さんは独身主義？

山崎　なんだか結婚すると損をするような気がしてね。こんなんでいいのかなって。しかしどんな人が現れるかなと思うし、だからすぐ断わるわけにはいかないから、ハイお願いしますっていっちゃうんだ。欲が無いというのか、勇気が無いんだね。

だけど、おととしやったのは向こうでちゃんと断ってきたよ。六十歳になってからやったのは皆んな断られたよ。

編集部　理想を求めて、まだまだ挑戦なさるおつもりですか。

山崎　いや、おととしのが最後。五十まではその気があったけど、もうだめだね。淋しい気がするよ。でも会う度にジューンとしびれるようになる——いい気持だね。

編集部　胸はときめくけど断ってしまう。それには忘れられない想い出でもあるのではないんですか。

山崎　恋愛やったことがあるんだよ。あの時は東海道を歩いて下ったんだから。

編集部　そんな遠くの人を見そめちゃったんですか。

山崎　短歌の同人誌やっていたから、静岡や浜松へ遊びにいって、十人位集まって話をしたり、歌の会をやると、小遣いくれるじゃない。そして大阪から和歌山までいった時、和歌山にすごい美人がいるから会ってみないかっていわれてね。名前は雑誌で知っていた。

編集部　美人に一目惚れだったんですね。

山崎　ミス和歌山とかいったよ。放浪なんかしていたらお嫁さんにもらうこと出来ないから、すぐ家に帰って歯の技工士をしながら一週間に一度の手紙のやりとりをしてね。それから三年くらいしたら、来年だか再来年結婚させるから来てくれって言われたの。

編集部　今だったら気が遠くなるような話ですね。

山崎　それで和歌山にのりこんで朝から晩までついていってくどきおとしたの。最後の日の夕方、あなたとなら結婚してもいいって言ってくれたの。そしてここに接吻してくれたの。

編集部　ほっぺたに――。

山崎　それから顔を全然洗わなくなったの。取っておこうと思ってね。

でも一年後にふられちゃったんだけど――彼女肺病だったの。一度良くなったんだけど又悪くなってしまって。その後、身内の人と結婚してしまった。

編集部　彼女とはそれきりなんですか。

山崎　それから一度も会っていないけど、断わられたときは自殺しようと思った。

でもその後、彼女に子供が出来ると、子供の名前を全部つけてやったんだよ。

恋心っていうやつは燃えきってから燃えあがることもある。燃えつくすと空になって、ほのぼのと燃えあがることもあるんだよ。だから生涯こうなったのかも知れない。

編集部　方代さんは本当にロマンチストなんですね。それじゃ何百回お見合いしたって決まりませんね。

方代さんの夢

山崎　今年こそがんばって、いいことやってみたいと思うね。何かツメあとを地上につけて置きたいと思うけど、生来のなまけものだから。

編集部　それはいろいろ書き残しておくということですか。

山崎　そう、短歌でも文でもいい作品を残したいよ。これが自分だという傑作は仲々うまれないね。

　どうせ一回しか生きられないんだからね。死んでしまえばそれきりだからね。

編集部　そのような話は、まだまだ早いですよ。

山崎　でも、体が動けるうちでないとね。

編集部　ですからあまり飲みすぎませんようにね。

山崎　だから、かけあししようと思ってこれ買ってきたんだけど。

編集部　まあ、トレーニングパンツ……。体を鍛えて、どんどん新しい方代短歌をつくってください。

約束があって生まれて来たような気持になって火を吹き起す

午後六時針垂直に水がめの水のおもてを指して下れり

何時ものように朝の光りが流れ来て鼻の頭を照らしてくれたり

碧落の釘のあたまにぶら下り夏の帽子がホッとしておる

（山梨日日新聞より）

＊1会津八一（一八八一～一九五六）歌人、美術史家、書家。歌は正岡子規の影響を受けた。東洋美術史を研究。奈良美術を対象とするかたわら歌をつくり、歌集『鹿鳴集』は古寺、古仏詠として評価を得た。他に、歌論歌話『渾斎随筆』等。書は独自の風格。新潟県生。

風に吹かれて

大下豊道
里見弴
山崎方代

左より大下豊道、山崎方代、里見弴（撮影：編集部）

月刊「かまくら春秋」昭和五十七年一～二月号掲載

別に工夫なし

大下　明けると先生は、満で九十四、こりゃ本当に長寿なんてものじゃなくて有りがたいことですじゃ。

里見　好き勝手にさ、風の吹くままに暮してきたらいつの間にかそうなったという感じだね。生きているって楽しいことだぜ。だいいち和尚と山崎君みたいな取り合せにお目にかかることも出来るしさ。

大下　先生は今度、方代さん随筆集（青じその花）の序文を書いて下さったそうで、まったくに光栄でワシまで恐れいってしまいますだ。

山崎　恥ずかし気なく頼んでしもうて、でも嬉しくて今でもホッペタを抓り通しているの。

里見　この人の歌も面白いけど人間も楽しい人だね。和尚の所では方代君に御布施を出すんだって。

大下　御布施じゃないの。お賽銭だワ。方代さんが寺に見えられるのは托鉢に思えるんだワ。里見先生は神様みたいなお人だけど、方代さんは仏様のようだからね。御無礼だと思うけどそういうことになるの、誰にもってわけにはいきませんがね。（笑）

山崎　先日、お伺いした時に床の間にあった軸は、確か吉井勇[*1]とかサインあったけど、あの大先生は里見先生のなんかなんですか。

大下　コラ、コラ、コラ、何を云うの、あの人は里見先生の親しいお友達ですぞ。

山崎　へェ、あんな偉い歌の先生と友達ということは、里見先生は大文豪なんだね、序文なんかお願いして、これは困ってしもうたな。（笑）

里見　ボクに愛人がいたろう。女房じゃないよ。（笑）そいつが死んだ時にね、吉井がよこしたものだよ。

　鎌倉の秋の寒さを思いつつ
　　よき人の死を京に悲しむ

これを毎年、命日に掛けることにしているんだけど、これを見て大抵の人が吉井の歌にしては面白くない、ボクが何処をいいと思っていると云うんだよ。鎌倉の秋の寒さだろ——寒さという時にわざ〳〵秋を持ち出しているよね。

十一月の六日が、おりょうって云うんだがボクの愛人の命日なんだよ。

まア、日本の一般的な気候からいえば十一月の初めはそうは寒くないよな、しかし、鎌倉ではその時分に急に冷える日があるんだよ。それを吉井は永いこと鎌倉に住んでいたから知っているんだ。だから、おりょうの死を京都で知って、今頃はきっと寒かろうと思ってくれたんだろうよ。春の暖かさとか、冬の寒さと云えば当り前のことで、ボクは、秋の寒さっていうところに惚れてるんだ。

大下　我々凡人だと秋というと侘しいとか寂しいとかで、寒さなんて気がつきませんな。

山崎　そういう解説があるとよくわかるね、寒いという表現の中に籠る哀悼の気持がよく伝わってきますね。自分の歌みたいに口から出まかせのと随分ちがうもの。

里見　歌も俳諧も同じ人間のいう言葉だから、言葉がわからないとは云わないけど、どうもその面白味がもう一つ理解できない。けれどだね、例えば人間のなりにしたって、葬式へ行く時に大抵は黒っぽい服装で行くけどさ、普段着だって悪かないよ。歌だって姿、形のいい歌があればそうでないのもあっていい。そういう伝でいけばキミの歌なんかは無駄な衣裳をつけなくて、寒いから厚着するとか、暑いから薄着するっていうのじゃなくて、自分がその時に着たいものを着て出掛けるって感じがするな。テクニックというか工夫の余地というのは言葉でもあるし仕草でもあるよな。キミの歌はその工夫を無視しているようで、実は工夫を凝らして楽にそこを通りこしているんだろうな。無視なんてことは何事でも意識して出来るものじゃない。それをやろうと思ったらもうそれは執着していることだもの。まァ、キミの歌は無作法に見えることが敢えて出来て、調子があって無きごとくだが、それが自然だってところじゃないかな。

大下 そうだ、そうだ、夢窓国師のいう「別に工夫なし」だ。

山崎 僕ァ、多分、ほめられてるんですね。（笑）

里見 そうとも。だけど、オレの歌談義なんてアテにならないぜ。（笑）

夢窓さんの「別に工夫なし」はいいよね。別段、俺は何を云うにしても工夫しているんじゃないよ。人様は大和尚の云うことだからよく吟味して喋っていると思うんだろうが、自分は云いたいことを云ってるだけなんだから、そんなに買いかぶりなさんなよってことだろ。うまいこというね。

山崎 先生、歌がわからないなんて云うけど「白樺」[*2]の初期の頃に歌や詩もやっているじゃん。（笑）

里見 若い時は何でも出たとこ勝負にやってみるもんだよ。（笑）

洒落のうちそと

大下　そうさな、先生、俳句や歌がわからないと仰言りなさるが、一昨年（昭和五十五年）の五月に私の所に久保田万太郎[*3]先生の歌碑が建った時に、里見先生がおでましくれましたね。その帰りに車の中で、

　錦屛の青葉ゆるがす木遣かな

と一句ひねられた話を伺ってますよ。

山崎　先生ずるいよ。ちゃんと俳句のことも知ってるじゃん。

里見　つまらない句をバラされてしまったな。あれはね、確か式の間に何となく考えついてね、永井[*4]（龍男）君が隣にいたろ、彼に披露しようと思ったけどさ、馬鹿にされるにきまっているからだまっていたんだ。とにかくボクは、久保田に、あなたは発句を今後一切やらない方が良いと釘を刺されたことがあるからね。それはね、ボクが俳句を連歌的にやったらどうかとか、あれこれ理屈を言うものだから、正統を好む万太郎のひんしゅくを買ったんだろうな。

山崎　先生が自分にくれた、

何もかもわがもの顔の現世に
　ものを乞ふとは呆れた奇人

って歌は一体全体、誉められたのかけなされたのかしばらくの間良くわからなくて人にも聞いたりして……。

里見　どうもね、この世の中には洒落のわからねェのが多いんだよ。何でもかんでも自分を中心に好き勝手にやってもさ、暮しがなっていくんだから、誠にもってお目出たい、幸せな男だ、と云ってるのにさ。

大下　それはもう、洒落なんていうより、立派な説法ですな。本当に有りがたいことですじゃ。

里見　そうだ、和尚と同じ商売で洒落のわかんねェのがもう一人いたいた。京都に祇王寺っていうのがあるだろ。あそこの女の坊さんは智照尼っていうんだよ。瀬戸内（晴美）の小説のモデルにもなった尼さんだから君達も知っているだろ。あれとボクは旧い付合でさ、しじゅう手紙のやりとりをやっていたんだが、或る時からパッタリこないんで不思議に思っていたんだよ。それがこの暮の物のやりとりでその理由が分ったんだが、これが馬鹿〳〵しいというか、大傑作なんだな。[*5]

ボクの家へ来る若い女の子が京都へ行くってェんで、それじゃ俺ん所へラブレター呉れる尼さんがいるから訪ねていってみなって祇王寺を紹介してやったんだよ。そしたら、その若いのに冗談が通じなかったんだろうな、そこへ持って来て、もう八十の坂を越えた智照尼[*6]が大真面目にだな、もてる俺なんぞに宛てた手紙がラブレターにとられたひには周囲の女が黙っちゃいねェよな（笑）。これは一大事と尼さんが思ったのがこの話の顛末さ。（笑）

山崎　里見先生っていっぱい有名な人を知っているんだね。いつか堀口大學[*7]という詩の大先生との対談をテレビでみたけど、あの人も友達なの、本当は先生は詩も書くんじゃないの。（笑）

里見　幾ら君に文豪だって持ち上げられたって、そう何もかも出来ないよ。詩のことも良くは分らないけど、堀口君の名前は、与謝野夫婦[*8]（鉄幹・晶子）の新詩社に出入りしていた頃から聞いていたよ。それは抜群の詩才で吉井勇などは足元にも及ばない程だったね。

山崎　自分も若い頃、詩をつくったりしたことがあったんだけど、なんか最近の詩っていうのは言葉の遊びみたいにやたら長くてついていけないの。先ごろ、ちょっと高かったけど「堀口大學全集」(小沢書店刊)を買ったんだけど、「月下の一群」なんて何時読んでも新鮮だもんね。

里見 佐藤春夫[*9]と二人で小石川の家に堀口君のお父さんに会いにいったことがあるが、外交官でありながら高名な漢学者でね、そういう和洋のまじりあった血が大學の中にもあるんだろうね。

はかりしれないもの

大下 先生ね、今私の部屋に長与善郎[*10]先生の戸隠の大杉を画いた絵がかかっているんですよ。あれは恐ろしい程の何か計り知れない唯の絵以上の魅力がありますね。私はあれを見て寝ると非常に安心するんですわ。

里見 ミケランジェロ[*11]だってダ・ヴィンチ[*12]だって、一生の間にはつまらないものを描いているよ。名画なんてそんな簡単に生まれるものじゃねェよ。そして名画といわれるものには必ず何か外的な不可思議な力が作用しているんだね。だから長与の絵も、あいつの筆に加えて天来の力が働いているだろうな。そうでもないとああいう絵はそう〳〵出来ねェよ。

山崎　今、天来の力って先生は言ったけどさ、そういう事は若い時にも考えていたの。

里見　そんなことあるわけないよ。やはり若い頃は自力っていうか、これは俺じゃなければ出来ないんだという、不遜な程の自信の固まりさ、どこ迄もさ、自力でやり遂げたものだと思うものさ。それがはたの人からみると、あの人がやった事にちがいがないが何かそこに外から入ってきた目に見えないものが宿っていると云うことになるんだな、芸術性の中にはそういう力が働いていることも否定できないだろうね。

大下　先生が大切にされる言葉の「誠」とか「まごころ」とかも、神仏の、天からのお授かりがあり、一緒になって始めて説得力があるんですね。

里見　インスピレーションって言葉があらあな、云ってみればあれも自分の力以外の力って意味だよな。そういうものを西洋人だって認めているんだ。オイオイ、今日はいやに哲学的な話をしているな。（笑）

大下　先生の頭は本当に細胞がどうなっているんですかな、坊主がいつもこう逆に説教されていては有りがたいやら、もったいないやら。（笑）

里見　何回も云うけどさ、生きているって素晴らしいよな。ボサーとしてるとそれまでの話だが、学校へ上って死ぬまで、人間は何時までも勉強だよと、そんな教訓めいたこと言うつもりはないが、気をちょっと使うか使わないかで大違いだね。物を軽く見ちゃいけないんだよ。どんなことにも本気で向き合っていけば決して馬鹿にはならねェよ。駄目な奴っていうのは折角の朝から晩までの明日には体験できるかどうかわからない貴重な、今、起きている目の前の出来事に気が付かねェんだよ。

俺のことを、そんなに気を使っていて疲れませんかって人が云うが、矛盾してるみたいだが、そんなの特別に気なんか使う必要ないいんだ。普段からそういう気構えがあれば、自然に見えたり聞えたりしてくるもんなんだよ。ちょっと気を持ちさえすれば毎日が新しく感銘するるんだよ。君だってさ、殆ど目が見えないそうだけど、君の本（青じその花）を読むと自然界の息づかいなんかがよくわかるよ。

山崎　自分は里見先生って漱石[*13]や鷗外[*14]と並ぶ人だって思っているから、そう云われると文豪達に束になって誉められている気になるじゃん。（笑）

里見　君はこうやって会って話すより、あの文章の方が深みがずっとあるよ。（笑）

山崎　又々、誉められているのか何か分らなくなってきちゃったな。（笑）でもうれしいですよ。

大下　今日、先生の話を伺っていて、人の偉さは天が決めるっていう言葉を思い出しているんですわ。本当に今夜は御無礼しました。

里見　年をとると脳軟化になるそうだが、俺は軟の字のつくものは若い頃にとっくに卒業しているからまだ大丈夫だ。近い内、又、飲もうじゃねェか。

＊1吉井勇（一八八六〜一九六〇）　歌人、劇作家、小説家。「明星」に作品を発表。石川啄木らと「スバル」を創刊した。処女歌集『酒ほがひ』では情痴の世界を描いたが、のちに、人間の苦悩を詠んだ。戯曲集に『午後三時』、小説に『狂へる恋』。芸術院会員。東京都生。

＊2白樺　明治末〜大正時代の近代文学の一派「白樺派」（人道主義、理想主義、個性の尊重を唱え自然主義に対抗した）が創刊した文芸雑誌。全百六十冊。白樺派の結成メンバーは、有島三兄弟（有島武郎、生馬、里見弴）、志賀直哉、武者小路実篤、木下利玄、柳宗悦ら。

＊3久保田万太郎（一八八九〜一九六三）　小説家、劇作家、俳人。小説『末枯』で認められた。戯曲『大寺学校』を築地小劇場が初演、岸田國士らとともに文学座の創立に参加した。庶民の哀歓、下町情緒を描いた。戦後、俳句誌『春灯』を主宰。文化勲章。東京都生。

＊4永井龍男（一九〇四〜九〇）　小説家。菊池寛に認められ『黒い御飯』が文藝春秋に掲載。

のち同誌編集長。戦後、作家に。多くの短篇を発表し『一個その他』で芸術院賞。おもに短篇に本領を発揮した。他に『青梅雨』等。芸術院会員。文化勲章。東京都生。

＊5瀬戸内寂聴（一九二二〜）　小説家。学生結婚後、離婚。『かの子撩乱』『美は乱調にあり』など伝記文学のほか『夏の終り』等、私小説風の作品も。『源氏物語』の現代語訳がある。得度受戒し天台宗大律師となって京都に寂庵を結んだ。文化功労者。徳島県生。

＊6高岡智照（一八九六〜一九九四）　尼僧。大阪で舞妓になり千代葉の名で座敷に。東京に移り、照葉の名で西園寺公望、桂太郎らの贔屓となった。のち、紆余曲折を経て出家、得度。京都・祇王寺の庵主に。波瀾の半生は自伝『花喰鳥』に詳しい。奈良県生。

＊7堀口大學（一八九二〜一九八一）　詩人、翻訳家。大正期の象徴詩に知と官能の美を添えた。処女詩集『月光とピエロ』、フランス近代詩の訳詩集『月下の一群』は詩壇に影響を与えた。他に詩集『砂の枕』、歌集『パンの笛』等。芸術院会員。文化勲章。東京都生。

＊8与謝野鉄幹（一八七三〜一九三五）　詩人、歌人。二十歳で上京。落合直文らと短歌革新を掲げ「あさ香社」を設立。のち東京新詩社をつくり機関誌『明星』を創刊。浪漫主義文芸の中心となった。詩歌集に『東西南北』、歌集に『相聞』。与謝野晶子は妻。京都府生。

与謝野晶子（一八七八〜一九四二）　歌人。奔放に愛を表現した処女歌集『みだれ髪』の発刊後、与謝野鉄幹と結婚。反戦長詩『君死にたまふことなかれ』にも見られるように社会問題にも関心を寄せた。他に『春泥集』『白桜集』等。評論も多数ある。大阪府生。

＊9佐藤春夫（一八九二〜一九六四） 詩人、小説家。慶応大学を中退後、小説『田園の憂鬱』『美しい町』で多くの読者を獲得した。処女詩集『殉情詩集』には、のちに結婚する谷崎潤一郎夫人との恋の痛手も。歴史小説、伝記風小説もある。文化勲章。和歌山県生。

＊10長与善郎（一八八八〜一九六一） 小説家、劇作家。白樺派に参加。戯曲『項羽と劉邦』等で認められた。教養小説風の『青銅の基督』『竹沢先生と云ふ人』で知られる。自伝『わが心の遍歴』で読売文学賞。芸術院会員。長与専斎は父。東京都生。

＊11ミケランジェロ・ブオナロッチ（一四七五〜一五六四） イタリア・ルネサンス期の画家、彫刻家、建築家、詩人。ダ・ヴィンチとともにルネサンス期を代表する巨匠。システィナ礼拝堂の『創世記』『最後の審判』（絵画）、『ピエタ』『ダビデ』（彫刻）など。

＊12レオナルド・ダ・ヴィンチ（一四五二〜一五一九） イタリアの芸術家、科学者。ミケランジェロとともに、ルネサンス期の万能ともいえる巨匠。絵画、建築、彫刻、解剖学、土木工学などあらゆる分野にその才を発揮した。絵画に『モナ・リザ』『最後の晩餐』等。

＊13夏目漱石（一八六七〜一九一六） 小説家、英文学者。教職から朝日新聞の専属作家に。

自然主義に抗し、心理的手法によって近代の人々の孤独、エゴイズムを描いて日本を代表する作家となった。作品に『我輩は猫である』『三四郎』『こころ』『道草』等。江戸生。

＊14 森鷗外（一八六二〜一九二二）　小説家、評論家、翻訳家、軍人。陸軍軍医としてドイツに留学。『舞姫』で文壇に登場した。小説に『ヰタ・セクスアリス』『雁』『高瀬舟』『阿部一族』、翻訳に『於母影』『即興詩人』等。陸軍軍医総監、帝室博物館長。石見（島根県）生。

解説にかえて

伊藤玄二郎

方代と書いてホーダイと読む。

山崎方代は本名である。名前の由来には少し講釈がいる。方代には九人の兄姉がいたが、七人は幼くして亡くなり、長女と末っ子の方代だけが成長した。本人が書くところによれば、名にし負う寒村に「間引き」される運命にあったものが、この世に生まれ出たに違いない。だから父親は半ばあきらめの思いで「生き放題、死に放題」をもじってこの名をつけた。

時たま村に帰ったりすると、自分の顔と名前を覚えていてくれる年寄りに会う。「生きておりやしたけよ」と声をかけられると、嬉しさで不覚にも目頭が熱くなる。「生きても死んでも成り行き次第のおのが名」を改めて方代は噛みしめていた。

ご本人に会うまで、私はてっきり方代という字面からして女性だとばかり思っていた。当時、歌人の間ではそれなりに知られた名前であったようだが、門外漢にはなじみが薄いものだった。

生前、彼の作品が短歌雑誌に何度か登場したこともあった。評価は異端・異能の歌人としての存在にとどまった。私は歌のことはよく分からないが、初めて会った日からその邪気のない人物に魅力を感じた。周囲の人々が「ホーダイさん」と親しみをこめ、彼を呼んだのもまた、人柄ゆえのことであろう。

最近は、昔の諺の多くは死に体となった。例えば「虎」だって死んだ後に「皮」は残らない。虎の敷皮に寝そべっていようものなら、下手をすると後ろに手が廻る。事件の多発する物騒な世相は「人の名」をあっという間に人々の記憶から消してしまう。噂だって七十五日はまず持たない。

方代が亡くなってもうすでに十五年経った。ところが、である。ここ数年、方代に関する書物の出版が相次いでいるのだ。

山崎方代の死後、歌人で鎌倉の名刹瑞泉寺住職の大下一真さんが編集の中心となって『方代研究』という雑誌の刊行がはじまった。歌人だけでなく、プロ・アマの分け隔てもなく、様々な職業の老若男女の方代論を俎上にのせている。編集方針も方代の生き方にふさわしい。こういう地道な研究活動も、ホーダイさんが脚光を浴びる元になっているのだろう。

それと同時に、方代の歌と歌から滲み出てくる人柄が、現代のザラつきがちな人々の心に、いま風にいえば癒しの効能を上げているのだ。良質の漢方薬が、小さい副作用で効果を上げるのは、時の長さに比例すると聞いたことがある。だから、山崎方代が処方した歌は、二十一世紀の良質の漢方薬であるといえる。

生れは甲斐の国　鶯宿《おうしゅく》峠に立っているなんじゃもんじゃの木の股からですよ

お目にかかって間もない頃、無遠慮にも方代に氏素姓を尋ねたら、かたわらにあった反古紙に、

「まァこんなところかナ」

と他人事のような素振りでこの歌を書いて示した。〝なんじゃもんじゃ〟とは、その地方では見ることが稀な異端の大木であると、異能の歌人は照れ臭そうに教えてくれた。

方代は、大正三年、山梨の村に、本人の弁によれば「百姓の長男としてひり落とされた」。さらに、右左口《うばぐち》村は甲府寄りの、冬は長く雪が多い、田と呼べるものは少なく、畑とは名ばかりの石ころだらけの貧しい村である、と。

父も母も、根っからの、「どん百姓の生まれ」で、

「どん百姓、いい言葉だなあ。私はこのどん百姓が好きで、どん百姓の父を世界中のだれよりもえらい人であったと、今でも信じている。さむらいだとか商人の生まれだったら、それはそれは悲しい出来事であった」（『青じその花』）

と歌人は自著に綴っている。

だから食べ物には文句をつけない。何を食べてもうまい。豆腐とおからとヒジキが揃えば、もうこれは方代にとって申し分ないご馳走だ。


手のひらに豆腐をのせていそいそといつもの角を曲りて帰る

山崎方代に初めて会ったのは、鎌倉の鶴岡八幡宮の段葛と呼ばれる参道である。友人とほろ酔い気分で歩いていると、向こうからもほろ酔い状態で歩いてくる男があった。それが方代であった。連れの友人と顔見知りで紹介された。

「ネエ、チョット、よかったらこれ喰わないかナ」

初対面の私の目の前に、片手に提げていたビニールの袋を差し出した。笑みに満ちた表情の中で眼鏡の下の右目は鈍く西日を浴び光っていた。のちにそれは太平洋戦争で南方の戦線に送られ銃撃戦で失明したのだと聞かされた。

ぶらぶら揺れる袋の正体は、彼が皿洗いをしながら糊口をしのいでいるラーメン屋から土産に持たされたという餃子だった。

「ネエ、チョット、これもあるんだ」

次に目の前に登場したのは、四合瓶の日本酒だった。間もなく鳥居の脇に腰を下ろして三人の男の酒盛りが始まった。

方代の住居を訪ねたのは、八幡様の参道で不謹慎な酒盛りの後、間もなくである。鎌倉の西寄り、鎌倉山の山裾に「方代草庵」と歌人自ら名付けたプレハブの小屋があった。小さな窓にひっつきそうに迫った山の斜面、方代は畑と称したが、どう見ても雑草の叢《くさむら》にしか見えない法地が汚れたガラスの向こうにあった。

歌人は、これからスキヤキをご馳走するよと言って、窓を開け、ヒョイと手をのばして目の前の叢をひとつかみ引き抜いて、粗末な卓上の牛肉が煮えている鍋に放りこんだ。拳の中にはやせたノビルがあった。

「ネェ、チョット、チョット、やってみてよ、味は悪くないよ」

使い古した黄ばんだ割り箸で中味をつかみあげ、箸を付けかねている来訪者の小鉢に移した。

方代は実に自然の生態に明るかった。のみならずその調理方法にもまた詳しい。方代の記憶の中には故郷での生活では、野菜など金を出して買ったことはない。自然への知識は多分に父親ゆずりである。家の周囲の自然の恵みが食卓に並んだ。

父は方代がお腹をこわすと、じゃがたら芋を濡れた新聞紙にくるんで焚火の中に埋め込み、真っ黒こげに焼き上がったものを食べさせた。お腹の痛みはケロリと消えた。切り傷、突き傷などは、三色の草の葉っぱを傷口にこすりこめば治った。これら父の秘伝を方代も体得していた。そういえば方代の草庵で薬を目にしたことはない。

亡き父の口づたえである野兎の糞は長寿の薬なりけり

方代は父龍吉について、「学問のかわりに力石をかつぐこつや藤づるのモッコのゆわき方や炭焼きのかまの煙の色ぐあいなど教えてもらった」と語る一方で、学究肌、学者であったとも記している。野生の植物の調理も父に習ったものである。

たらの芽はまず長めの篠竹を真ん中で二つに折る。次にそれをたらの木の枝に引っ掛け、手元に引き寄せて芽をもぎとる。その際肝心なことは芽は必ず一つ残しておくこと。たらの木を枯らさない先人の知恵である。『青じその花』に書かれた方代のメニューを食卓にのせてみる。

定番の天ぷら、胡麻あえも悪くない。だが方代は、固めにゆでて、輪切りにした上に塩をふりかけて食べさせてくれた。確かにこれは歯ごたえと相まって味は天下一品だった。たらの木の根元の野スミレ、野三ツ葉。根ごと引き抜いて、包丁を入れず塩で炒めた。おすすめのおからと一緒に炒めたあの妙な味は、根についた土のせいだったのか。

野生のうどは自然のあるところ、どこでも手に入る。塩でもんでアクを出し、生味噌をなすって、方代の表現するところでは「ギシギシ」と食べる。山蕗は葉っぱごと佃煮に、蕨は塩漬けなどなど、歌人のメニューは尽きなかった。

うまく世の中を生きる人はビフテキを食べているだろうが、定職を持たない身にとっては手近な自然の宝物を摘む、これが唯一生命を長らえる知恵であるとうそぶいた。

盗みこし茄子大根もけずり入れ一人おごそかに夕餉おわる

しかし畑は法地といえども市有地。山菜の宝庫も厳密にいえば必ず特定の誰かの所有地である。むしってくるのも毎日のことになると、浮世離れしたさすがの方代もたまには後ろめたい気になる。

そんな時にはまず箸を手にとり威儀を正して、山上憶良か兼好法師の気分で有難くゆっくり呑み下すのだと訳の分からない弁解をした。方代はあぐらを解き、実際に珍妙な仕草をして見せた。

季節の折々に私の編集室には、スーパーのビニール袋にこぼれるほどつめこんだ山菜が届けられた。方代はこの山からもたらされる自然の恵みを「山が笑ってくれる」と表現した。

無情とはかかわりもなくあんぐりと砂をつめたる貝こがれり

方代は、海もこよなく愛した。おだやかな海が横たわる鎌倉の地に暮らしたということにも、その理由があるだろう。しかし、海のない山梨の、しかも懐の深い寒村に生まれ育ったということも、一層海への想いを強くしていたのかもしれない。

方代はよく鎌倉の山越えをし、湘南の磯に足をのばしている。

「江之島から七里ヶ浜は若布と天草の穴場である。由比ヶ浜は昆布とバカ貝、材木座は浅蜊だ。小坪の岩場は海鼠《なまこ》や海胆《うに》である。海鼠は砕いて塩水で洗って目を細めて食べるとよい。海胆は岩に叩きつけてがぶりと噛みつくと実においしい」(『青じその花』)

何度か方代とは伊豆へ旅をした。宿に着くといつの間にか方代は消えて、いつの間にか両手に磯の幸を手にして帰ってきた。

鎌倉の材木座と呼ばれる海岸でバーベキューをしたことがある。沖合いに和賀江島という鎌倉時代の築港跡がある。

「チョット、チョット、待ってなよ、俺がおかず採ってくるから」

素早く衣服を脱ぎすてると、分厚い眼鏡に用意してきたゴムバンドをとりつけて方代はスタスタと海に向かって歩き出し、波間に見えかくれする築港跡へあざやかに抜き手を切った。泳ぎは故郷の笛吹川で覚えたのか、或いは長い軍隊生活の中で叩きこまれたのか、それはそれはホレボレとする泳ぎであった。しばらくして戻ってきた方代の手には大ぶりの岩牡蠣があった。

右目は失明、左目もかすかに見えるほどの視力で字を書くにも読むにも重ねた天眼鏡の助けを必要とする——方代は視力については自らそう書き、私はその姿を目にしている。しかし、山や海を猟場とした狩人方代の姿に接すると、ひょっとしたら視力は巷間伝えられるよりも良好だったという気もする。或いは、書物で読んだ自然の生態が深く頭に刻みこまれ、それを天性の勘が助けていたのだろうか。

砲弾の破片のうずくこめかみに土瓶の尻をのせて冷せり

方代は、作品の上でも気のおけない仲間内の酒の席でも、あまり直截的に政治や社会について発言をしなかった。まして過去の人生の不幸や不満は滅多に口にしない。しかし、万年二等兵で七年もの人生を費やした軍隊生活は、どうにも我慢のできないことであった。「二十三歳までの自由な山での生活が身についたのか、生まれながら放浪癖がついていたのか、まるっきり違っている軍隊生活は、どうにも我慢ができなかった。何のために、人殺しの訓練をして、人を殺さねばならんのか、まるっきりわからない。まさに私にとって軍隊生活は地獄の苦しみだ」(『青じその花』)

「やがて戦争になり、南方の戦線におくられて、鉄砲だまに右の目玉をとられて」昭和二十二年、日本に還ってきた。方代はそれを「運がよかった」としている。己の悲運を嘆きのままにしないのだ。精神のバランスを保つには、生活の意識の中に「不幸という薪をちょろちょろくべる」ということが人生を生きていく秘訣だと言った。

茶ぶ台の上の土瓶に心中をうちあけてより楽になりけり

昼間でもほの暗い小屋の中には古びた粗末な和机の上に、常に土瓶が置かれていた。水道のない小屋の主は蛇口をひねって、酔い覚めに水というわけにはいかない。水口、時には土瓶に汲み置いた水が喉を潤した。土瓶は酒を満たして電熱器の上に置かれることもある。土瓶は農家の竹藪の中に捨ててあったのを、見つけて拾ってきたものだ。何度か住まいを替えても捨てることなく、いつも傍らにあった。独り者の自分にとっては、もう身内の一人である、と方代は言った。

美食も器がなければ料理にならない。壊れかけた土瓶であっても、自分の気の置きようでどうにでもなる。

「ここに私が坐っている。土瓶がそこに存在する。この離れがたい空間のもどかしい思慕に私は眼をつむる」(『青じその花』)

いと小さき壺と云えどもまんまんと汲めどもつきぬ水をたたえる

方代と出会ってから間もなく、私と方代は編集者と書き手という関係になる。方代の尽きることのない小さな壺の水を汲みたいと思ったからだ。随筆の執筆をすすめると二つ返事で引き受けた。

私の編集する月刊誌に連載は始まった。しかし、書き慣れない散文は方代にはかなりの難事だった。締切が迫り雲隠れされたことは数知れない。信玄の隠し湯に遁走され、追いかける時間がなく「方代草庵」に侵入して書き散らしの草稿をパッチワークのようにつなぎ合わせ急場を凌いだこともあった。

連載はやがて『青じその花』と題されて、方代の最初にして最後の随筆集となった。帯をお願いした里見弴先生は「すぐ讀みだしたところ、幼児のやうな卒直さにうたれて」と記した。

料理研究家の辰巳芳子さんは『味覚日乗』の中に、
「料理の味わいは、後世どころか、それを創った本人のためにさえ残すことができぬ『その時の味』なのです」
と書いている。

だとすると、方代が最後に腕によりをかけた「その時の味」を一冊にまとめることができた私は、とびきりグルメの編集者と言えるかも知れない。

以上の文章は昨年上梓した拙著『末座の幸福』(小学館刊)に収めたものである。「そのときの味」を一冊にまとめたものが、これまで方代唯一のエッセイ集であった『青じその花』である。だが、この度、この一書『もしもし山崎方代ですが』を加えて方代のエッセイ集は二冊になったわけである。

本書に収められたエッセイは月刊「かまくら春秋」誌面に昭和五十七年五月号から五十八年一月号に連載されたものである。また前半部分の「ほうだい短歌の十二月詠」はエッセイ執筆以前の五十五年一月号から五十七年四月号まで、やはり月刊「かまくら春秋」の巻頭を飾ったものである。また対談・座談会も「かまくら春秋」に掲載されたものである。

すでに述べたように、最近山崎方代に関する研究が盛んになってきた。この一冊が方代の新しい扉を開く鍵になることを期待したい。

平成十六年三月末日

(いとうげんじろう・エッセイスト)

山崎方代　年譜

大正三年（一九一四）
十一月一日、山梨県八代郡右左口村（現東八代郡中道町右左口）に生まれる。

大正十年（一九二一）　七歳
右左口尋常高等小学校（現中道南小学校）に入学。

昭和七年（一九三二）　十八歳
左右口村「地上」歌会に参加する。

昭和十一年（一九三六）　二十二歳
「あしかび」「水甕」「一路」に作品を発表。

昭和十六年（一九四一）　二十七歳
七月、千葉高射砲隊に入隊。翌年宇品港出帆。台湾、ジャワ島、チモール島へ進出。

昭和十八年（一九四三）　二十九歳
六月、チモール島クーパンの戦闘で右眼を失明、左眼の視力も〇・〇一となる。野戦病院に入院。十二月、退院。再び戦場へ出る。

昭和二十一年（一九四六）　三十二歳
五月、召集解除。病院船で帰還。

昭和二十三年（一九四八）　三十四歳
十月、「工人」創刊。尾形亀之助『障子のある家』やヴィヨンの詩を読み、影響を受ける。

昭和二十五年（一九五〇）　三十六歳
放浪の旅に出る。山梨、静岡、名古屋、大阪、京都、奈良の歌仲間を訪ねた後、「工人」二号から参加した和歌山県在住の広中淳子に会う。

昭和二十六年（一九五一）　三十七歳
この頃より横浜市浅間町に住む姉、関くまのもとに落ち着く。関歯科医院にて技工を手伝う。

昭和二十七年（一九五二）　三十八歳
「工人」終刊。

昭和三十年（一九五五）　四十一歳
十月、第一歌集『方代』（山上社刊）を自費出版する。

昭和四十年（一九六五）　五十一歳
九月一日、姉くまが七十歳にて没。十月、横浜市保土ヶ谷区星川町に移る。

昭和四十四年（一九六九）　五十五歳
十一月、清水房雄、山崎一郎らと合同歌集『現代』を短歌新聞社より刊行。

昭和四十五年（一九七〇）　五十六歳
十一月二十六日、中道町右左口の七覚山円楽寺に山崎家の墓を建てる。

昭和四十七年（一九七二）　五十八歳
七月、鎌倉手広に居を移す。

昭和四十九年（一九七四）　六十歳
二月、『右左口』を短歌新聞社より刊行。

昭和五十年（一九七五）　六十一歳
「短歌」、昭和四十九年九月号掲載の「めし」によって角川「短歌」第一回愛読者賞作品部門受賞。

昭和五十三年（一九七八）　六十四歳
九月、鎌倉松林堂ギャラリーで山崎方代「自画像歌墨展」開催。
昭和五十五年（一九八〇）　六十六歳
十一月、『こおろぎ』を短歌新聞社より刊行。
昭和五十六年（一九八一）　六十七歳
三月、『首』を短歌新聞社より刊行。十二月、最初のエッセイ集『青じその花』をかまくら春秋社より刊行。
昭和五十九年（一九八四）　七十歳
十一月、牧丘町を訪れる。最後の山梨行となる。十二月、自宅近くの診療所で肺がんと診断される。
昭和六十年（一九八五）　七十一歳
一月十九日、肺がんによる心不全のため死去。鎌倉瑞泉寺にて、通夜、葬儀が行われる。

（参考資料：山梨県立文学館「山崎方代展」図録ほか）

もしもし山崎方代ですが

著　者　山崎方代

発行者　伊藤玄二郎

発行所　かまくら春秋社
鎌倉市小町二―十四―七
電話〇四六七(二五)一八六四

印刷所　ケイアール

平成十六年五月二〇日発行

ISBN4-7740-0266-6 C0095

かまくら春秋社

歌集方代

山崎方代　著

昭和30年に発表された山崎方代の第一歌集を原本にならって再刊。また、新たに解説文を加え、「歌集 方代」誕生の軌跡をあきらかにする。方代短歌ファン必携の一冊。

定価2100円（税込み）
ISBN4-7740-0264-X C0095

かまくら春秋社

青じその花

山崎方代　著

「母が四十八、父が六十をとうに越していた。まさかと思ったのが生まれてきたのである。霜のきびしい朝であった。父は焼酎の酔いにまかせて、生き放題、死に放題の方代と命名してくれた」（本文より）——異能の歌人、山崎方代がつづる初のエッセイ集。

定価 1326 円（税込み）
ISBN4-7740-0240-2 C0095

かまくら春秋社

父の肖像 I・II

芸術・文学に生きた「父」たちの素顔

野々上慶一・伊藤玄二郎編

父親とは、夫婦とは、家族とは——。芸術・文学に生きた「父」たちの素顔を、息子、娘たちが描く。家族の温かな「絆」が確かに存在した時代を映し出す一冊。秘蔵写真も収録。

I：安部公房／有島武郎／井上靖／江戸川乱歩／大宅壮一／開高健／川端康成／北原白秋／小林秀雄／斎藤茂吉／坂口安吾／佐藤春夫／里見弴／獅子文六／太宰治／立原正秋／永井龍男／萩原朔太郎／武者小路実篤／室生犀星／横光利一／与謝野寛／和辻哲郎ほか

II：石川淳／石川達三／泉鏡花／伊東深水／井上光晴／岡本太郎／奥村土牛／大佛次郎／今日出海／西条八十／高田博厚／高橋新吉／坪田譲治／内藤濯／中上健次／中山義秀／西脇順三郎／新田次郎／深田久弥／前田清邨／森敦／山田耕筰／山本有三／吉田健一ほか

定価 2100 円（税込み）

I・ISBN4-7740-0131-7　C0095
II・ISBN4-7740-0267-4　C0095